Gustav zu Putlitz

Mein Heim

Erinnerungen aus Kindheit und Jugend

Gustav zu Putlitz

Mein Heim

Erinnerungen aus Kindheit und Jugend

Neu herausgegeben und mit einem Anhang
versehen
von Bernhard von Barsewisch

hendrik **Bäßler** verlag · berlin

Die Neuherausgabe von Gustav zu Putlitz: „Mein Heim“ erscheint gleichzeitig mit der Ausstellung des Fördervereins Schloßmuseum Wolfshagen: „Lächelnde Blume des Friedens, Gustav zu Putlitz, ein romantischer Schriftsteller der Prignitz“.

KULTURLAND 2002 BRANDENBURG

Diese Ausstellung vom 8. September bis 1. Dezember 2002 im Schloßmuseum Wolfshagen wird gefördert mit Mitteln der Bundesregierung, Beauftragter für Kultur, und des Ministeriums für Wissenschaft, Forschung und Kultur des Landes Brandenburg.

Mit freundlicher Unterstützung der
Ostdeutschen Sparkassenstiftung im Land Brandenburg
gemeinsam mit allen brandenburgischen Sparkassen

Die Deutsche Bibliothek – CIP-Einheitsaufnahme

Putlitz, Gustav /zu:
Mein Heim : Erinnerungen aus Kindheit und Jugend / Gustav zu Putlitz. - [Nachdr. der Ausg.]
Berlin, Paetel, 1885, bearb. und erg. Neuausg. - Berlin : Bäßler, 2002
ISBN 3-930388-28-6

Fon: 030.24 085 856 · Fax: 030.24 92 653
E-Mail: Hendrik.Baessler@t-online.de
Internet: www.baesslerverlag.de

Satz und Umschlaggestaltung: Hendrik Bäßler · Berlin
Gesamtherstellung: Druckerei Steinmeier · Nördlingen
ISBN 3-930388-28-6

Inhalt

Vorwort

Gustav zu Putlitz (1821–1890) war in der 2. Hälfte des 19. Jahrhunderts ein viel gelesener Schriftsteller, der dann in Vergessenheit geriet. Wie seine glücklichen Anfangserfolge, die Märchenstücke „Was sich der Wald erzählt“ und „Vergißmeinnicht“ zu frühem Ruhm verhalfen, schildert er in dem 5. Kapitel dieses Buches. Der Autor registriert selbst mit Erstaunen, wie die hübschen Texte in gefälliger Aufmachung Auflagen über Auflagen erleben. 1900 erschien die 50.! Schwerer taten sich die Romane, denen man nicht ganz zu Unrecht vorgeworfen hat, daß sie für uns Heutige oft nicht nachvollziehbare, gekünstelt wirkende Themen aus höheren Gesellschaftskreisen enthalten. Harmlos gemeinte Lustspiele (wie „Die blaue Schleife“, „Familienzwist und Frieden“, „Badekuren“ oder „Die Leibrente“), bereits 1847 und 1848 auf Berliner Bühnen aufgeführt und durchaus als Eintagsfliegen konzipiert, trafen den Geschmack des Publikums und die historischen Dramen, an welche Putlitz weitaus mehr Herzblut verwandte, erlebten zum Teil große Erfolge, wie „Das Testament des Großen Kurfürsten“, „Don Juan de Austria“, „Waldemar“, „Wilhelm von Oranien“. Mit seiner sensiblen Natur gab es ein Hangen und Bangen vor jeder Aufführung: Triumph oder Niederlage? In der dreibändigen Biographie, die seine Witwe Elisabeth zu Putlitz, geborene Gräfin Königsmarck (1825–1901) als Lebensbild aus Briefen zusammengestellt hat, sind diese Stimmungen sehr deutlich abzulesen.[1] Auch nur für den Augenblick gedacht

---

[1] Elisabeth zu Putlitz, geb. Gräfin Königsmarck, Gustav zu Putlitz. Ein Lebensbild. Aus Briefen zusammengestellt und ergänzt, Berlin 1894, 3 Bände (künftig zitiert mit: Lebensbild).

waren die diversen Weihespiele und Prologe zu besonderen Anlässen, besonders in fürstlichen Häusern, die den Ton der Zeit trafen[2].

Große Verdienste erwarb sich Gustav zu Putlitz als Theaterintendant für vier Jahre am Großherzoglichen Hoftheater in Schwerin (1863–1867) und für 15 Jahre am Großherzoglichen Hoftheater in Karlsruhe (1873–1888). Hier ist vor allem die frühe Wagner-Rezeption und die Förderung, fast Entdeckung von Felix Mottl zu erwähnen. Bemerkenswert ist auch, in welcher Weise das Ehepaar zu Putlitz die gesellschaftliche Stellung der Künstler sah: Eine Anstellung für die Bühne kam nur bei tadelfreiem Ruf infrage, dann allerdings war das Putlitz'sche Haus offen für die Sänger und Sängerinnen, Schauspieler und Schauspielerinnen, die als Personen der Gesellschaft zum Tee empfangen wurden, bevor sie zur Abendvorstellung zum Theater gingen.

Zu wenig beachtet ist sicherlich das autobiographische Werk Gustav zu Putlitz': „Mein Heim, Erinnerungen aus Kindheit und Jugend", das 1885 in Berlin (Verlag Gebrüder Paetel) erschien. Die in weite Vergangenheit zurückreichenden Erinnerungen und die besonderen Schicksale, die hier geschildert werden, können auch heute unser Interesse beanspruchen. Die seltene Schilderung eines Prignitzdorfs in der ersten Hälfte des 19. Jahrhunderts wird erst neuerdings in der lokalgeschichtlichen Literatur zitiert[3].

---

2 Vergleiche dazu die aktuelle Analyse: Kay Kufeke, Gustav zu Putlitz, Liberaler Adeliger und „Dichter für Thron und Altar", in: Adelige Rückkehrer im Land Brandenburg. Ihr heutiges Engagement und das Wirken ihrer Vorfahren 1806–2000, hrsg. von der Berlin-Brandenburgischen Geschichtswerkstatt e. V., Berlin 2001, S. 141–151.

3 Torsten Foelsch, Adel, Schlösser und Herrenhäuser in der Prig-nitz. Ein Beitrag zur Kunst- und Kulturgeschichte einer märkischen Landschaft, Perleberg 1997 sowie Lieselott Enders: Die Prignitz. Geschichte einer kurmärkischen Landschaft vom 12. bis

Die autobiographischen Aufzeichnungen von Gustav zu Putlitz reichen in diesem Werk vom Haus des Großvaters in Pankow über das Elternhaus in Retzin bis zur Internatserziehung in Magdeburg und fügen literarische Nachgedanken zu den ersten schriftstellerischen Erfolgen aus der Sicht des über 60jährigen hinzu. Die Schilderungen des so begeisternden Studentenlebens in Heidelberg in „Vergißmeinnicht" tragen weitere autobiographische Züge, schildern zumindesten selbst Erlebtes. Für die Verlobungszeit bei der in der märkischen Provinz schon sehr exotischen Stimmung einer Liebhaberaufführung einer Oper haben wir den Text aus „Mein Heim", dem ich die zweite, aber ausführlichere Schilderung aus Elisabeth zu Putlitz' Lebensbild ihres Gatten als Anhang folgen lasse.

Die Schweriner Zeit als Intendant des Hoftheaters hat Gustav zu Putlitz selber in seinen „Theater-Erinnerungen" aufgezeichnet.[4] Für die Schilderung seines weiteren Lebens besitzen wir zum Glück das ausführliche Lebensbild, welches seine Witwe aus Briefen mit verbindenden Kommentaren und Erinnerungen zusammenstellte, sowie minimale Reste persönlicher Korrespondenz aus den letzten Lebensjahren. Der reichhaltige Dichternachlaß, die Korrespondenzen mit Emanuel Geibel, Willibald Alexis, Paul Heyse und vielen anderen Literaten sind ebenso wie die übrigen Familienpapiere in Retzin nach 1945 zerstört worden. In der Bayerischen Staatsbibliothek München findet sich ein großes Konvolut von Briefen Gustav zu Putlitz an Paul Heyse, in der Autographensammlung der Stadtbibliothek Karlsruhe gibt es ein weiteres Konvolut von Briefen, hauptsächlich Theaterangelegenheiten betreffend an verschiedene Empfänger. In der Badischen Landesbibliothek Karlsruhe ist das wesentliche Künstlerstamm-

---

zum 18. Jahrhundert, Potsdam 2000 (Bd. 38 Veröffentlichungen des Brandenburgischen Landeshauptarchivs).

4 Gustav zu Putlitz, „Theater-Erinnerungen", 2 Bände, Berlin 1874.

buch für Elisabeth zu Putlitz verwahrt[5] mit Einträgen von Emanuel Geibel, Fritz Reuter, Viktor v. Scheffel, Clara Schumann, Paul Heyse, Felix Mottl, Berthold Auerbach, Friedrich Halm, Gustav Freytag, J. B. André, Ferdinand Keller, Helene Stromeyer, Carl Langhammer und anderen.

Zum Verständnis der Person Gustav zu Putlitz muß auch einiges über seine Herkunft gesagt werden. Sein vollständiger Name ist *Gustav* Heinrich Gans Edler Herr zu Putlitz. Den zweiten Vornamen Heinrich hat er im alltäglichen Umgang nicht gebraucht und als Schriftsteller nannte er sich prinzipiell ausschließlich Gustav zu Putlitz. Die falsche Namensform eines biografischen Lexikons „von und zu Putlitz" wurde von der Familie nicht geführt.

Die Familie stammt aus der Altmark, wo sie im Mittelalter die Gänseburg bei Pollitz besaß.[6] Nach dieser Burg hatten die ersten

---

5 Badische Landesbibliothek Karlruhe, Inv. 3155

6 Vgl. zum Besitzstand und zur älteren Genealogie der Edlen Gans besonders: Fritz Fischer, Zur älteren Genealogie der Edlen Herren Gans zu Putlitz, in: Ahnenreihenwerk Geschwister Fischer, Bd. 5, Bietigheim-Bissingen 1985, S. 474–535; Walter Luck, Die Prignitz, ihre Besitzverhältnisse vom 12. bis zum 15. Jhd., mit Karten und Urkundenanhang, in: Veröffentlichungen des Vereins für Geschichte der Mark Brandenburg, München, Leipzig 1917, S. 102–118, 219–234; Heinrich Berghaus, Landbuch der Mark Brandenburg und des Markgrafentums Niederlausitz in der Mitte des 19. Jahrhunderts, Bd. 1, Brandenburg 1853, S. 653–662; B. Ragotzky, Ad. M. Hildebrandt, Stammtafeln der Familie Gans Edlen Herren zu Putlitz, von ihrem ersten urkundlichen Auftreten bis zur Gegenwart, Berlin 1887; Detlev Schwennicke, Europäische Stammtafeln, Neue Folge, Band XXI, Brandenburg und Preußen 2, Artikel Gans zu Putlitz, Frankfurt am Main 2002, Tafel 58 bis 69.; Adolph Friedrich Riedel, Die Herrschaften Putlitz und

Familienmitglieder den Übernamen Gans zu einer Zeit, als Familiennamen sich erst allmählich herausbildeten. Je nach dem Ort, den bestimmte Urkunden betrafen, nannten sie sich Gans von Wittenberge, Gans von Perleberg oder Gans zu Putlitz, die Namensform, die schließlich dauerhaft blieb. Der seltene mittelalterliche Titel Edler Herr (liber baro) zeigt, daß sie zu den edelfreien Geschlechtern gehörten. Als solche hatten sie wesentlichen Anteil am Wendenkreuzzug 1147, in welchem sie, die Elbe überschreitend, größere Teile der Prignitz kolonisierten, insbesondere dem Verlauf der Stepenitz folgend. Durch unglückliche Bündnisse und das Erstarken der Macht des Markgrafen von Brandenburg verloren sie aber ihren Rang als kleine Dynasten im Anfang des 14. Jahrhunderts. Ihre Stellung glich sich mehr und mehr der des untitulierten Landadels an und daß sie ernstlich mit den Hohenzollern konkurriert hätten, gehört in das Reich der Legende. Die Familie stellte zwei Bischöfe (von Schwerin und von Havelberg), kurfürstliche Räte, Landeshauptleute, Gerichtsräte und andere angesehene Posten. Im Militär zeichneten sie sich aber weniger aus, als andere verwandten Familien und bekleideten auch sonst im 18. Jahrhundert nur noch wenige öffentliche Ämter. Um 1700 hatte den ausgedehntesten Güterbesitz um Wolfshagen eine Linie, die sich auch durch Heiraten mit gräflichen Familien auszeichnete. 1719 erlosch dieser Zweig und 6 Lehnvettern, vorher auf durchaus kleineren Besitzungen begütert, teilten die Herrschaft Wolfshagen. Das um 1580 vom kurfürstlichen Rat Adam Gans Edlen Herrn zu Putlitz († 1621) umgebaute und stattlich ausgestattete Schloß war nach dem 30jährigen Krieg verfallen, die Schilderung Gustav zu Putlitz' über die Wiedererrichtung bedarf aber geringer Korrekturen, siehe dort. Zu den Erben von Wolfs-

---

Wittenberge und die Edlen Herren Gänse, Freiherren zu Putlitz, in: Codex diplomaticus Brandenburgensis, A I, Berlin 1838, S. 268 f.

hagen gehörte Joachim Henning (1666–1731), dessen Sohn Christian Ludwig (1709–1786) durch Einlösen verpfändeter Besitze, durch Sparsamkeit und Fleiß den alten Familienbesitz wieder zu wirtschaftlicher Blüte brachte. Seine Nachfahren konnten die Prignitzer Güter bis 1945 bewahren und ausbauen.

Unter seinen Kindern begann ein Interesse für Literatur und Studien hervorzutreten, das viele Familienmitglieder, insbesondere aber Gustav zu Putlitz vom übrigen Landadel unterschied. Schon Gustav's Großonkel, der jung verstorbene Carl Friedrich (1751–1779), hatte sich mit großem Eifer dem Jurastudium verschrieben. Der Großvater Gebhard (1742–1726) wird in dem vorliegenden Buch als Gelehrter charakterisiert. Er besuchte das Alumnat im Kloster Berge bei Magdeburg, studierte auf den Universitäten Helmstedt, Göttingen und Halle und legte in letzterer seine lateinische Dissertation vor.[7] Anschließend arbeitete er einige Jahre am königlichen Kammergericht in Berlin und verkehrte dort mit Friedrich Nicolai, Ephraim Lessing, Moses Mendelsohn, dem er freundschaftlich nahestand, und wahrscheinlich auch mit Christian Martin Wieland. Er trug in Pankow eine bedeutende Bibliothek zusammen und beschäftigte sich im Alter mit philosophischen Studien.

Gustav's Vater Eduard (1789–1881) war mehr der praktische Landwirt, der aber im Alter seine Güter an die Söhne übergab und in Berlin wieder Kollegien hörte und dessen älterer Bruder Carl Theodor (1788–1748) hatte Schriften über vielerlei Themen (Schafzucht, Patronatsrecht, den Nationalcharakter der Deutschen) veröffentlicht sowie ein Trauerspiel: „Sapphira“ verfaßt. Er war außerdem Abgeordneter der ersten deutschen Nationalversammlung in der Frankfurter Paulskirche.

---

7 Gebhard Gans Edler Herr zu Putlitz, Clericorum Evangelicorum in Feuda Secularia Successione, jur. Diss., Halle 1764 (Original in der Universitäts- und Landesbibliothek Sachsen-Anhalt in Halle).

Gustav zu Putlitz' literarische Neigungen hatten also eine Vorgeschichte und setzten sich bei seinen Kindern teilweise fort: Stephan (1854–1883) war mit 28 Jahren Dr. jur. und Dr. phil. und Professor, als er sich wegen der Untreue seiner Ehefrau Elisabeth geb. Gräfin Flemming[8] das Leben nahm. Konrad (1855–1924), durch Krankheit am Abitur gehindert, trat literarisch als Dante-Übersetzer hervor, war aber sonst vor allem in landwirtschaftlichen Organisationen vielseitig tätig (Viehversicherung, Stärkefabrik, Gründung des Spiritusmonopols, Kleinbahnen, Genossenschaftswesen etc.). Die weltberühmte, aus Perleberg stammende Sopranistin Lotte Lehmann verdankte den Beginn ihrer Karriere seiner besonderen Protektion. Wolfgang (1857–1931) war wieder mehr der praktische Landwirt, aber auch Verfasser einer Geschichte seiner Familie und eines sehr guten Lebensbildes seines Großvaters Eduard zu Putlitz[9]. Joachim (1860–1922) führte als Intendant das Stuttgarter Hoftheater bis 1918 und war Präsident des deutschen Bühnenvereins. Er begründete den Ruf der Stuttgarter Opernbühne als besonders engagiert und avanciert inszenierendes Haus und ihm ist der nach dem Theaterbrand von 1902 entstandene eindrucksvolle Neubau des Stuttgarter Theaters

---

8 Sie trat später als Elisabeth v. Heyking schriftstellerisch vor allem mit ihrem Roman „Briefe, die ihn nicht erreichten" hervor., der, als er 1903 zunächst anonym erschien, ein literarischer Welterfolg und in alle Kultursprachen übersetzt wurde. Geboren wurde die Enkelin von Bettina und Achim von Arnim 1861 in Karlsruhe, wo ihr Vater preußischer Gesandter am badischen Hof war und sie schließlich Stephan zu Putlitz kennengelernt hatte.

9 Wolfgang zu Putlitz, Eduard zu Putlitz (1789–1881). Ein Stück Familiengeschichte, aus Briefen und Tagebuchblättern für die Familie zusammengestellt, Labes 1903. Eduard zu Putlitz diktierte mit 90 Jahren seiner Tochter Emilie seine Jugenderinnerungen, die bis in das Jahr 1815 reichen und die in diese Biographie mit aufgenommen wurden.

nach Plänen Max Littmanns zu verdanken[10]. Gustavs Tochter Elisabeth (Lita, 1862–1935) betätigte sich ebenfalls literarisch und künstlerisch.[11] In der Prignitz war sie vor allem durch ihr Engagement in vielen Vereinen und Vereinsvorständen, die Organisation von Wohltätigkeitsveranstaltungen und lokalen Theateraufführungen weithin bekannt. Sie verkehrte freundschaftlich mit der schwedischen Königin Viktoria, die sie noch aus der Karlruher Zeit ihrer Eltern kannte sowie mit der preußischen Kronprinzessin Cecilie (1886–1954), die mehrfach mit Kronprinz Wilhelm (1882–1951) Retzin besuchte.

Gustav zu Putlitz' Vater entstammte gänzlich dem märkischen Landadel (Gans zu Putlitz, v. Jagow, v. Winterfeld, v. Katte) und auch Gustav's mütterliche Großmutter v. Redern entstammte der gleichen Familiengruppe. Der mütterliche Großvater aber, George Niclas v. Guretzky und Kornitz hatte eine völlig andere Herkunft aus dem Kleinadel des Fürstentums Teschen. Er hatte seine Heimat verlassen, war in preußische Dienste getreten und hatte sich durch seine Heirat mit Charlotte v. Redern mit dem Adel der Prignitz im weitesten Sinne verschwägert. Sie war eine Tochter des angesehenen Landrats Ehrenreich Sigismund v. Redern, der aus vier Ehen 23 Kinder hatte, deren Ehegatten

---

[10] Vergleiche hierzu Jürgen-Dieter Waidelich, Vom Stuttgarter Hoftheater zum Württembergischen Staatstheater. Dissertation, München, 1956, S. 100–108.

[11] Lita zu Putlitz, Zur Erinnerung an Elisabeth zu Putlitz, geb. Gräfin Königsmarck. Als Manuskript gedruckt, Perleberg um 1901; dieselbe; Aus dem Bildersaal meines Lebens 1862–1931, Leipzig 1931. Mit diesen beiden wichtigen biographischen und autobiographischen Bänden illustriert Lita zu Putlitz das Leben ihrer Eltern in Retzin, Schwerin und Karlsruhe und ihr eigenes. Sie greift dabei auf eine große Anzahl 1945 in Retzin vernichteter Tagebuchaufzeichnungen und Briefe ihrer Eltern zurück, wodurch diese Bücher heute um so wertvoller sind.

aus den Familien Gans zu Putlitz, v. Hagen, v. Ribbeck, v. Wittich, v. Wartenberg und v. Löben stammten.

Um dem heutigen Leser das Verständnis weiterer Zusammenhänge zu erleichtern, werden dem originalen Text Fußnoten beigefügt. Dies ist auch der Grund, weshalb nicht einfach die Form eines Reprint gewählt wurde. Wesentliche Beiträge zu den Anmerkungen verdanke ich Torsten Foelsch.

Die teilweise wechselnde Orthographie des Originals wurde beibehalten.

Groß Pankow, im Sommer 2002
Bernhard v. Barsewisch

Das Haus meines Großvaters

Wenn ich es versuche, aus den Erinnerungen meines langen, vielbewegten Lebens einzelne Bilder zu fixieren, so will ich diesmal zurückgreifen in die Tage des ersten Bewußtseins, auf die Eindrücke, die, dem Gedächtniß des Kindes tief eingeprägt, sich durch alle Jahre zurückriefen und ergänzten. Ich war freilich kaum fünf Jahre alt, als ich das Haus[12] und seine Bewohner, von denen ich erzählen will, zum letzten Male sah, und doch stehen Beide mir so frisch, so unvergeßlich vor der Seele, als sähe ich sie noch; als könnte ich noch hineintreten in die Räume; als müßte ich noch dem Blick aus den klugen, tief blauen Augen des vierundachtzigjährigen Greises begegnen, als empfände ich noch die Scheu von damals, die der alte Mann auf alle seine Umgebungen ausübte.

Mein Gedächtniß reicht bis in die zwanziger Jahre dieses Jahrhunderts; das Haus, das ich schildern will, war wohl über ein halbes Jahrhundert alt, wenn nicht älter. Ich weiß nicht, wer es baute. Mein Urgroßvater[13] hatte ausgebreitete Besitzungen in der Priegnitz[14] und ein großes Schloß, im Viereck mit Schloßhof ge-

---

[12] Das Gutshaus in Pankow, dem Ort, der seit ca. 1900 Groß Pankow genannt wird.

[13] Christian Ludwig Gans Edler Herr zu Putlitz (1709–1786), vermählt mit Gödula Margarethe von Jagow (1714–1788).

[14] Er besaß noch von der Erbschaft seines Vaters her in der Altmark einen Anteil von Vielbaum und in der Prignitz neben Pankow, Retzin und anderen kleineren Besitzungen das bedeutende Rittergut Wolfshagen.

baut, von Wallgräben mit Zugbrücke umgeben, von denen letzteren noch Spuren vorhanden sind, wenn auch jetzt von Gartenanlagen gedeckt. Mein Vater hat noch von dem Schloß erzählt, was er von alten Leuten hörte. Es wurde schadhaft, und anstatt es zu erhalten oder wieder auszubauen, richtete sich der Urgroßvater ein sehr anspruchloses Wohnhaus auf dem Wirthschaftshof auf und ließ das Schloß unbewohnt zerfallen. Sein ältester Sohn hat es später abtragen lassen und auf die alten Fundamente ein für damalige Zeit sehr stattliches Haus gebaut[15]. Für die beiden anderen Söhne, von denen mein Großvater der ältere war, hatte ihr Vater andere Gütercomplexe bestimmt, auf denen sie sich ihre Wohnhäuser aber erst herrichten lassen mußten, da sie bisher verpachtet und von keinem Besitzer selbst bewohnt gewesen waren. Daß diese so einfach als möglich ausfielen, lag in den Verhältnissen der Zeit. Damals sah es knapp aus in der Mark. Unter der energischen Herrschaft der Hohenzollern hatten die Burgen und befestigten Schlösser ihre im Mittelalter noch mächtige Bedeutung verloren, und was von ihnen der Zeit noch trotzen wollte, brach unter den Verheerungen des dreißigjährigen Krieges, namentlich unter den Erpressungen der Schweden, die in der Priegnitz furchtbar hausten. Damit waren aber auch die Mittel genommen,

---

[15] Noch jetzt gibt es in Wolfshagen mittelalterliche Fundamente, die aber ebenso wie die spärlichen Urkunden auf mehrere Gebäude hindeuten. Wahrscheinlich war das Renaissancegebäude nicht sehr groß, aber prächtig ausgestattet, wie die bei den Bauarbeiten gefundenen Fragmente qualitätvoller Ofenkacheln belegen. Im heutigen Schloß Wolfshagen stecken in den Außenwänden beider Flügel noch Teile des Renaissancegebäudes bis zum ersten Stock, im Nordflügel aber auch wohl Reste eines Gebäudes aus der ersten Hälfte des 18. Jahrhunderts. Das von Albrecht Gottlob zu Putlitz (1741–1806) in den Jahren 1773 bis 1787 gebaute Gutshaus faßte diese älteren Teile zusammen und ergänzte sie zu einer Zweiflügelanlage in der Form, wie sie 2000/2002 mit der rekonstruierten Farbfassung restauriert wurde.

neu zu erbauen, was in schweren Zeiten zusammengestürzt war. Vor den Schweden auch hatten meine Vorfahren ihre Acten und Familienpapiere retten wollen und sie nach Hamburg geschickt, wo sie jedoch nie wieder aufgefunden wurden.

Wie bescheiden aber das Haus meines Großvaters ausfiel, wird meine Schilderung desselben beweisen. Das Herrenhaus lag mit den Wirthschaftsgebäuden mitten im Dorf[16], nach der Rückseite nur durch ein schmales Gärtchen von der Dorfstraße getrennt. Es war einstöckig von Holzfachwerk und hatte ein für die niedrigen Wände unverhältnißmäßig steiles Ziegeldach. Jeder äußere Schmuck fehlte. Durch die Hausthür trat man in einen großen Vorflur, von dem eine Treppe nach dem Dachboden und den Giebelzimmern führte; sonst war der mit ausgetretenen Ziegelsteinen gepflasterte Flur leer. Eine Thür neben der Treppe führte in die Küche und die Dienstbotenzimmer, eine andere rechter Hand in die sogenannten Gesellschaftsräume, eine linker Hand in das Wohnzimmer meines Großvaters.

Alle diese Räume sind mir noch gegenwärtig, obgleich ich die rechter Hand nur selten und stets mit einer verwunderten Scheu betreten habe. Sie wurden auch selten geöffnet, und nur am Geburtstag des Großvaters versammelte sich die Familie in denselben zum Mittagsessen. Zuerst kam ein größerer Saal, der durch die ganze Tiefe des Hauses ging; die Wände waren im Rococo-Stil mit Holzwerk bekleidet, weiß mit goldenen Verzierungen, und ebenso waren die Meubles. In den freien Feldern des Holzwerkes war rother chinesischer Seidendamast eingelassen und von demselben Stoff waren Gardinen und Polster. Der Stoff,

---

[16] Die im Brandenburgischen Landeshauptarchiv (Pr. Br. Rep. 37 Groß Pankow, Nr. 61) erhaltene *„Carte von dem Hochfr. Guth Pankow. Nach der Separation angefertigt Ao. 1775 durch den königl. Ing. Schultze“* zeigt diese Situation deutlich. Sie stellt u. a. Lage, Flächeninhalt und Gebäude des Gutshofes dar, der mit dem Garten damals eine Größe von 10 Morgen und 43 Quadratruten hatte.

so erzählt man uns, stammte noch von der Ausstattung meiner Urgroßmutter, Frau von Winterfeld, geborenen von Katte, der Tochter des Feldmarschalls Grafen von Katte und Schwester des Freundes Friedrich's des Großen, der, wegen des mit dem Prinzen versuchten Fluchtversuches, in Küstrin enthauptet wurde. Hinter diesem Saal war die nicht unbeträchtliche Bibliothek in zwei Räumen auf hohen Bücherregalen aufgestellt. Von diesen Dingen habe ich noch Vieles später gekannt, Manches existirt noch jetzt und zwar in meinem Besitz; so ein großer Theil der Bibliothek[17], die Stühle des Saales und einige Ueberbleibsel des chinesischen Seidenstoffes. Auch Porträts aus der Familie des unglücklichen Katte, sein Bild,

---

17 Noch jetzt enthalten die Reste der einst 30 000 Bände umfassenden Retziner Gutsbibliothek ältere Werke, von verschiedenen Familienmitgliedern zusammengeerbt, sowie Schriften aus Gebhard zu Putlitz' Studienzeit und (da ihn mehr der Inhalt als die äußere Schönheit interessierte) nur in schlichten Einbänden aus festem blauen Papier die Reisebeschreibungen, die historischen, juristischen und literarischen Werke, die er in Mengen sammelte. Die Retziner Bibliothek befand sich bis 1945 im Erdgeschoß des Gutshauses, neben dem Blumensaal und hatte zwei Fenster zum Park. Es schloß sich daran später die Wohnung von Lita zu Putlitz an. Die Ausstattung der Bibliothek mit den raumhohen Bücherschränken geht noch auf Gustav zu Putlitz zurück und ist nach dem Umbau des Gutshauses 1881/84 erfolgt. Die durch den Umbau durcheinandergewürfelte Bibliothek ist 1883 von Elisabeth zu Putlitz und ihren Kindern Lita und Wolfgang neu geordnet und katalogisiert worden. Der Katalog hat leider die Plünderungen des Hauses 1945 nicht überlebt. Ca. 450 Bände gelangten später noch als Depositum über Eleonore zu Putlitz in das Museum Perleberg. Darunter waren vor allem französische, englische, italienische und lateinische Werke, besonders Belletristik und antike Klassiker in Ausgaben des 18. und 19. Jh., aber auch ein Sammelband kirchlicher Dissertationen. Einige wertvolle alte Bände (u. a. Theatrum Europaeum) verblieben bei der Familie zu Putlitz und werden heute im Schloß Wolfshagen ausgestellt.

die seiner Eltern und Schwester, diese aber aus der Erbschaft meiner Großtante, einer unverheiratheten Schwester meiner Großmutter. Das Leblose hat die Geschicke der Menschen um ein und ein halbes Jahrhundert überdauert. Und doch, wie Vieles ist von dem Schmuck jener Zeiten verloren gegangen in den Jahren, in denen man Alles, was aus der Rococo-Periode stammte, verachtete und aus seiner Umgebung verbannte! Es war das nicht allein die Folge des veränderten Geschmackes, des Ueberdrusses an dem verschnörkelten Stil, sondern es lag ein, vielleicht unbewußtes, politisches Motiv zu Grunde. Man fühlte, und nicht mit Unrecht, daß dieser Stil, in der Zeit des Luxus, der Verschwendung, der Sittenlosigkeit entstanden, die der französischen Revolution vorangegangen war, diese hervorrief und dann indirect das tiefe Elend Preußens unter Napoleon begründete. Die Erhebung der ganzen Nation, das Opfer, das sie brachte an Wohlstand, an Leben und Kraft, um das Joch abzuschütteln, contrastirte zu grell mit dem Schaumgold des vergangenen Jahrhunderts, mit den unechten Zierrathen, deren coquette Ueberladenheit ohne eigentlichen Kunstwerth und in langweiliger Einförmigkeit nur dem Auge schmeichelte. Man fiel in das Extrem, und die schmucklose Einfachheit trat an die Stelle. Was etwa noch erhalten blieb und was später eine Modeliebhaberei wieder aufspürte, hatte nicht der Geschmack daran, sondern die Pietät für die, die es einst besaßen, gerettet.

Ehe ich nun in das Privatzimmer meines Großvaters eintrete, werfe ich einen Blick auf den Wohnort selbst: auf ein märkisches Dorf, wie ich mich dessen aus der Kindheit erinnere. Wenn ich das Herrenhaus schmucklos und bescheiden in seiner äußeren Erscheinung nannte, so trat es nichtsdestoweniger bedeutend vor den andern Wohnhäusern des Ortes hervor, die in ärmlicher Ursprünglichkeit die lange Dorfstraße einschlossen. Noch waren selbst zu der Zeit, in der ich sie kennen lernte, die niedrigen Häuser sämmtlich mit Stroh oder Rohr gedeckt; kein Schornstein überragte das Dach, der Rauch quoll durch die Hausthür hervor und unter dem Dach heraus, das gebogen und schief mit stetem Einsturz zu drohen schien. Das Innere zeigte Mangel an jedem Schmuck, jeder Annehmlichkeit; ein roher Tisch, Schemel, höchstens ein Armstuhl an dem Ofen aus rohen Backsteinen; in der Kammer eine Bettstelle und die Truhe; in der Küche der gewaltige Herd, ohne Schornstein; an dem eisernen Haken der kupferne Kessel; Alles geschwärzt vom immer wirbelnden Rauch. Außen aber beschatteten Obstbäume die ärmlichen Hütten, auf denen hier und da ein Storchnest den Giebel krönte. Die Bewohner hatten nicht viel, aber sie bedurften noch weniger. Hinter den Gehöften lag der sogenannte Garten, zunächst für Gemüse mit Obstbäumen, dann eine kleine Wiese, auf der der Zufall oft kräftige alte, breitgipflige Eichen hatte wachsen lassen. Jetzt zeigt das Dorf eine Reihe stattlicher massiver Wohnhäuser, deren Fenster Gardinen schmücken und hinter denen die Wirthschaftsgebäude, meist in Backsteinen, auf den Fundamenten aus prächtigem, gesprengtem Granit aufgebaut sind. Nur die alte Kirche aus rohem Steinbau mit dem einfachen Thurm, dessen Wände mit graugewordenen Brettern bekleidet sind, ragt noch über den Häusern des Dorfes hervor, umgeben von den halbverfallenen Gräbern und Grabgittern des nicht mehr benutzten Friedhofes.

Früher lag das Dorf, eins der größten der Umgegend, an einer sandigen Landstraße, auf der sich der spärliche Verkehr mühsam hinschleppte. Zweimal wöchentlich ging die alte Botenfrau in das Nachbarstädtchen, holte Briefe und Zeitungen, und brachte in ihrer Kiepe die kleinen Einkäufe für das Dorf. Diese Verbindung mit der Außenwelt genügte. Nun zieht längst eine Chaussee, die zwei Provinzstädte[18] verbindet, am Orte vorbei, der Poststation geworden ist, und viermal täglich kommen Briefe. Der Telegraph vermittelt die Nachrichten aus der Ferne, und in wenig Monaten wird eine bereits ausgesteckte Eisenbahn, für die unser Dorf Station werden soll, sich den großen Weltstraßen anschließen.

---

[18] Perleberg und Pritzwalk.

Aber wir kehren zurück in das alte Herrenhaus, das seit fast sechzig Jahren nicht mehr existirt, dessen Stelle nur noch Wenige neben mir aus eigener Anschauung finden würden, und wir treten gleich in das Wohnzimmer meines Großvaters, das er in den letzten Jahren seines Lebens nur noch verließ, wenn er sich zur Nachtruhe in das anstoßende Schlafzimmer begab. Neben der Eingangsthür ein Tisch und Stühle, dann der mächtige Kachelofen auf vier Beinen. Unter diesem liegen drei bis vier schwarze Teckelhunde auf Kissen oder kleinen Polsterstühlen und freuen sich der behaglichen Wärme des Ofens, der durchs ganze Jahr, im Winter und Sommer, geheizt wird. Auf der zweiten Wand, zwischen Ofen und Thür, die über einen kleinen Nebenflur zur Küche führt, steht des alten Herrn Schreibschrank, sehr unbequem den Fenstern gegenüber. Er ist nicht eigentlich im Rococostil, aber doch kunstvoll in verschiedenen Mustern in Holz ausgelegt. Auf demselben steht die Uhr unter einem hölzernen Gehäuse mit Glasscheiben, das fast die Gestalt eines kleinen Gardinenbettes damaliger Zeit hat. Die Uhr aber ist schön und geschmackvoll. Zu beiden Seiten des Gehäuses vortrefflich in Holz geschnitzte Figuren; links die Zeit, ein Greis mit der Sense, rechts eine weibliche Gestalt, die einem Genius ein aufgeschlagenes Buch zeigt, das auf ihrem Schoß ruht, vielleicht die Geschichte bedeutend. Auf der Uhr zwei Kindergestalten, die sich umschlingen. Das Gehäuse ist weiß, die Figuren in mattem und glänzendem Gold. Der geheimnißvolle Schrank, die Uhr mit ihrem allegorischen Schmuck regten die Kinderphantasie mächtig an. Nun habe ich Beide seit vierzig Jahren im eigenen Zimmer in Gebrauch[19] und etwas von dem alten Zauber ist geblieben, ja mir ist es, als flüsterten sie mir Kunde zu von dem Raum, den ich beschreiben will, und ergänzten meine Erinnerung. An der nächsten Wand stand nur das So-

---

[19] Auf der Interieuraufnahme, Abb. 20 ist diese Uhr, allerdings ohne Glassturz, auf dem Kamin zu erkennen.

pha, auf dem der Großvater allein den Platz inne hatte, und in den beiden Fenstern der letzten Wand Stühle, zwischen ihnen ein geschweifte Commode, darüber der Spiegel mit vergoldetem Rahmen, geziert mit dem Medaillon-Porträt Friedrich's des Großen. In der Mitte des Zimmers ein großer Eßtisch. Das war der Raum, den der Greis ausschließlich bewohnte, in dem er schrieb, las, seine Mahlzeiten hielt, Besuch um sich versammelte, ja in dem Geschäftsleute und Ortsangehörige ihm ihre Anliegen vortrugen und die Gerichtstage abgehalten wurden in der Zeit, in der der Gutsherr zugleich der Gerichtsherr über die Insassen seines Grundbesitzes war.[20]

Mein Großvater war über achtzig Jahre alt, seit meine Erinnerung reicht; seinen beiden Söhnen hatte er benachbarte Güter übergeben, die sie bewirthschafteten[21]; sie waren, bei seinem Leben, verheirathet und hatten je einen Sohn und eine Tochter[22]. Jeden Mittwoch verlangte er seine Söhne zu Tisch bei sich zu haben, und jeden Sonntag die beiden Familien. Da galt keine Ent-

---

[20] Ein repräsentativer Gerichtstisch aus der Zeit um 1705 mit kostbaren Einlegearbeiten und Putlitz-Wappen für derartige Gerichtstage aus dem Schloß in Wolfshagen ist erhalten.

[21] Laaske übergab er seinem ältesten Sohn Carl Theodor, während der jüngere, Eduard, das 5 Kilometer von Pankow entfernte Retzin übergab. Nach seinem Tode einigten sich beide Brüder dahingehend, daß Carl Theodor Pankow erhielt und Eduard Laaske und Retzin übernahm.

[22] Carl Theodor zu Putlitz (1788–1848, Abb. 9 und 12) auf Pankow heiratete 1814 seine Cousine Friederike zu Putlitz aus Wolfshagen (1794–1864), ihre Kinder Amalie und Theodor waren 1815 und 1816 geboren. Eduard (1789–1881, Abb. 7 und 10) auf Retzin und Laaske heiratete 1819 die Cousine seiner Schwägerin Caroline v. Guretzky und Kornitz (1796–1868, Abb. 11), von seinen vier Kindern waren Emilie und Gustav 1820 und 1821 geboren. Die beiden Jüngeren (Auguste und Eugen) wurden erst 1827 und 1832, also nach dem Tod des Großvaters geboren.

schuldigung, und alles Geschäftliche mußte sich diesem Unumstößlichen fügen. Punkt eilf Uhr mußten wir da sein, nicht früher, nicht später. Das war für die Eltern ein fühlbarer Zwang, wir Kinder nahmen es für etwas Selbstverständliches, und trotz der Scheu, die uns der alte Herr einflößte, trotz der Ermahnungen der Eltern, uns in seiner Gegenwart vollkommen ruhig zu verhalten, war es immerhin eine Abwechselung, auf die wir uns freuten und die mit manchem Geheimnißvollen und Fremdartigen unsere Neugier und Phantasie anregte.

Ich will versuchen, solchen Sonntag zu schildern. Die beiden Familien kommen fast zu gleicher Zeit an, und da man die Wege, die zum Wohnort des Großvaters zusammenliefen, weithin übersehen konnte, ließen die, welche einen Vorsprung hatten, die Pferde langsamer gehen, um sich zu treffen. Wenn wir eintraten, saß der alte Herr der Thür gegenüber auf dem Sopha und erhob sich halb zur förmlichen Begrüßung. Wir Kinder mußten zu ihm herantreten und er reichte uns die Hand. Er war ein kleiner, verwachsener Mann (Abb. 5, S. 61), aber es lag etwas Achtunggebietendes, Einschüchterndes in seinem strengen Wesen, etwas Imponirendes in dem schönen Auge. Die Söhne nannten ihn „Du“, und auch wir Kinder hatten diese Anrede uns herausgenommen. Die Schwiegertöchter redete er „Frau Tochter“ und mit „Sie“ an, und nach kurzem Gruß nahmen sie die Plätze an dem einen Fenster ein, während wir Enkel uns in das andere drängten. Der Großvater führte allein die Unterhaltung; unangeredet durfte Niemand sprechen; alles Flüstern oder gar Lachen wies er streng zur Ruhe. Aber doch war die Unterhaltung belebt. Fast immer war der Geistliche des Ortes, der die Zeit seines Gottesdienstes darnach einrichten mußte, zu Tisch geladen, oft auch der Müller im Dorfe, der früher eine Reihe von Jahren als Wirthschafter das Gut verwaltet hatte, und der mußte dann die Vorkommnisse in der Umgegend berichten. Er sprach eine Mischung von Platt- und Hochdeutsch, war aber ein kluger Mann mit sicheren Manieren, kannte die Eigenheiten des alten Herrn ganz genau und war eingeweiht in alle Verhältnisse der Familie. Meinem Vater und dessen, um ein Jahr älteren, Bruder war er oft dienstfertig und nützlich gewesen, wenn sie dem Großvater irgend etwas Geschäftliches mitzutheilen hatten, womit sie fürchteten, ihn ungeduldig oder heftig zu machen: „Da müt'en so dummdriest mit routkomen," sagte er, „süss schnit he ehn' forts de Red' af, un wenn he schlimm is, fort' he jedwer Wort an." So war der alte Müller Rogge uns Allen ein erwünschter Gast. Im Uebrigen drehte sich die Unterhaltung um Politik und Literarisches, denn der Großvater las fast den ganzen Tag, und in den späteren Jahren, als die Augen versagten, ließ er sich von einer Gesellschaftsdame vorlesen. So blieb er, bis zu seinem Tode, in Verbindung mit Allem, was neu erschien; neben der Belletristik, besonders der französischen, waren es Reisebeschreibungen, auch philosophische Werke, die ihn interessirten, und in- und ausländische Zeitungen. Das freilich habe ich erst später erfahren, aber der Beweis liegt vor mir in der ziemlich umfangreichen Bibliothek, die noch in meinem Besitz ist, und von der doch im Laufe der Jahre ein großer Theil als unbrauchbar, des Raumes wegen, ausgeschieden oder sonst untergegangen ist. Aber darauf komme ich später zurück und will nun noch einmal meine Schilderung des Sonntags beim Großvater wieder aufnehmen.

Punkt zwölf Uhr öffnete sich die Thür und der Diener, ein Riese von nahezu sechs Fuß, trat ein und setzte die Suppenterrine auf den Tisch. Er war Pole und im Jahre 1806 Officiersbursche bei meinem Vater in dem unglücklichen Kriege gewesen, mit ihm ins Elternhaus gekommen und dort als Diener geblieben. Genannt wurde er auf Hochdeutsch „Gera", auf Plattdeutsch „Gerat". Welche Sprachweise richtig war, ist nicht zu erweisen, da er weder lesen noch schreiben konnte, noch überhaupt mehr als gebrochenes Deutsch sprach, und seinen Namen mit dem Sprachtalent seiner Nationalität und der Willkür des angeborenen Accents sich selbst zurecht gemacht hatte. Er wurde mit „Er" angeredet und hatte etwas sehr Devotes, dabei aber eine ungewöhnliche Findigkeit für seine Obliegenheiten, trotz einer gewissen Tölpelhaftigkeit seiner Manieren. Er stand im Ruf, bei Zurechtweisungen immer eine Ausrede bereit zu haben, wenn auch eine noch so unglaubwürdige. Das hatte ihm manche Rüge seines Herrn zugezogen, die sich in der Heftigkeit bis zu Ohrfeigen gesteigert haben soll, was sich bei seiner Riesengestalt, dem kleinen, schwächlichen Manne gegenüber, sehr possirlich muß ausgenommen haben; aber nichtsdestoweniger war er diesem sehr treu und bewies das nach jeder Richtung. Der Mittagstisch war so einfach als der ganze Zuschnitt des Hauses und bestand aus drei Gerichten, zu denen „nur für die Kinder" eine Mehlspeise hinzugefügt war, die uns aber zur Pein wurde. Denn jedesmal, wenn die Reihe an uns kam, davon zu nehmen, rief der Großvater: „Gera, stelle Er die Teller der Kinder ins Fenster, sie verbrennen sich sonst." Da stand nun die ersehnte Speise, die Eltern waren längst fertig damit, wir aber mußten lautlos warten und bekamen dann kalt, was uns zugedacht war.

Nach dieser Geduldsprüfung kam die Freiheit. Während in dem heißen Zimmer die Unterhaltung, die der Großvater fast allein führte, sich belebte, durften wir Kinder hinaus in den Garten, wo uns Gespielen aus der Dorfjugend erwarteten. Freilich, das eigentliche Ziergärtchen, das zwischen dem Hause und der Dorfstraße lag, durften wir nicht betreten; es war mit seinen Blumenbeeten, Taxus-Pyramiden und Orangen-Bäumen, welch' letztere heute noch grünen und blühen, von der Großmutter (Abb. 6), die seit zehn Jahren todt war, angelegt und gepflegt worden. Wir hatten sie selbst nicht mehr gekannt; aber ihr stiller, praktischer und dabei so selbstvergessener Sinn, ihr tiefes Gemüth warfen milden Schein in das Leben der beiden Söhne, ja Aller, die in den Kreis ihres Wirkens, ihrer Theilnahme, ihres Rathes getreten waren, von Verwandten und Nachbarn bis zum letzten Dienstboten hinab. Bis zu seinem neunzigsten Jahre hat mein Vater mir fast bei jedem Zusammensein von seiner Mutter erzählt und niemals ohne Thränen in den Augen. Der Großvater ehrte ihr Andenken auch dadurch, daß er ihr Gärtchen, die Zuflucht ihrer einsamen Stunden, vor den Kinderspielen der Enkel schützte. Dafür stand uns der große, neu angelegte Gemüse- und Obstgarten zu freier Verfügung. Uebrigens bot er uns nur ein Besonderes: das sogenannte Lusthaus des Großvaters, obgleich auch das uns versagt war und wir nur durch die Spalten der geschlossenen Läden hineinlugen konnten, wie in ein geheimnißvolles Räthsel. Es war ein Denkmal der Mode des vergangenen Jahrhunderts. Damals hatte jedes Herrenhaus im Garten sein Lusthaus, das jeder, oft ziemlich bizarr, nach Launen und Geschmack aufbaute. Zunächst der Einsamkeit gewidmet und zum Schutz in Regentagen, diente es doch meist praktischen Zwecken, namentlich zur Aufbewahrung von Gartengeräthschaften oder Obst während des Winters.

Die Art, wie mein Großvater sich sein buen retiro[23] gebaut hatte, wie er es seiner Neigung nach benutzte, ist bezeichnend für ihn. Am Ende des Obstgartens floß der Mühlenbach, der den Garten gegen eine Pferdeweide begrenzte[24]. Ueber diesen Bach, auf Pfählen, war das Lusthaus gebaut, von außen schmucklos aus Holz und Ziegelsteinen, gedeckt mit Schindeln. Innen sah der kleine Raum behaglich aus. An der einen Wand, der Eingangsthür gegenüber, ein Kamin, an zweien, die auf den Bach hinaus-

---

23 Hiermit ist ein Refugium gemeint, der private Rückzugsbereich, in dem er seinen ganz persönlichen Neigungen und Interessen nachgehen konnte.

24 Der Bach ist die Panke, im letzten Viertel des 20. Jahrhunderts leider „melioriert“, begradigt und steril, war er vorher ein fischreiches, mäanderförmig verlaufendes Fließ. Auf der Fläche der gegenüberliegenden Pferdeweide errichtete sein Sohn Carl Theodor um 1820 den neuen Gutshof und schließlich 1827 das neue biedermeierliche Gutshaus, das 1891 und nach einem Brand 1924 umgebaut wurde. Es wurde 1993 eingreifend rstauriert und in den Gesellschaftsräumen (meine Wohnung – v. B.) zurückgebaut, im Übrigen zu einer Augen-Tagesklinik hergerichtet.

sahen, Fenster. Die Wände waren dunkelgrün, mit Oelfarbe gestrichen, das einfache Mobiliar, im Rococostil, bestand aus Sopha, Stühlen, Tisch und einem Schränkchen. In letzterem waren Bücher und Thonpfeifen. Der alte Förster, der den Schlüssel zu dem Häuschen hatte, ließ uns zuweilen hineinblicken, indem er die Thür halb öffnete. Ueber die Schwelle durften wir nicht treten, das hatte „de oll Herr“ für Jeden verboten, obgleich er selbst seit Jahren den sonst so viel benutzten Raum nicht mehr aufgesucht hatte. Ueberschattet von den dichten Erlen, die am Rande des Baches aufgeschossen waren, umplätschert vom Bach, auf dem es stand, das Innere jedem Blick von Außen entzogen, muß der behagliche Raum in heißen Sommertagen in der That eine poetische Zuflucht für den einsam Studirenden gewesen sein. Da saß der alte Herr oft ganze Tage, und Niemand durfte ihn stören, und nicht nur im Sommer, sondern spät in den Herbst hinein, so lange das Feuer im Kamin ausreichte, das Zimmerchen zu erwärmen. Dann, als er älter wurde, kam er nicht mehr, ja er ging nie des Weges, um den lieben Raum nicht wiederzusehen. –

Der Großvater war ein Gelehrter, und sein Beispiel, seine Erziehung hat den Sinn für Wissenschaft und Poesie auf Kind und Kindeskinder weitervererbt. Das war in damaliger Zeit überraschend für einen märkischen Landedelmann, aber es hatte seinen natürlichen Grund. Als Knabe von neun Jahren hatte er sich in der Füllenweide auf ein ungesatteltes Pferd geschwungen und war abgeschleudert worden. Der Fall muß hart gewesen sein und die Kunst der Aerzte in den Provinzialstädten war dazumal wohl noch auf unzureichende Empyrie gebaut; kurz, der Knabe, ganz gegen die Tradition seines Geschlechtes, blieb klein und verwachsen und ferngehalten den körperlichen Uebungen und Geschicklichkeiten seiner Altersgenossen, in denen er keine Aussicht hatte, es diesen gleichzuthun. Dafür warf er sich, unterstützt von einem glänzenden Gedächtniß und scharfem, zum Sarkastischen neigenden Verstand, mit aller Energie auf seine geistige Ausbildung. Er machte seinen Schulcursus auf dem damals renommirtesten Alumnate zu Kloster Bergen bei Magdeburg durch und bezog, nachdem er zwei Jahre in der Prima gesessen hatte, die Universitäten zu Helmstädt, Göttingen und Halle, wo er seine lateinische Dissertation[25] schrieb und öffentlich disputirte. Dann arbeitete er am Kammergericht in Berlin, wo er vorzugsweise in den dortigen gelehrten Kreisen verkehrte, mit Nicolai und Lessing, und namentlich mit Moses Mendelssohn, dem er freundschaftlich näher trat. Neben wissenschaftlichen Arbeiten übte er auch poetische Versuche und beherrschte die französische, italienische und holländische Sprache, ohne, bis zu seinem Tode, das Lateinische bei Seite zu legen. Von den deutschen Dichtern stand ihm Goethe am nächsten, wegen seiner Natürlichkeit und weil er alle seine Schöpfungen vom ersten Erscheinen verfolgte. Mit Schiller konnte er sich nicht befreunden. Schon die Räuber hatten ihn abgeschreckt, und dem idealen Flug der späteren Werke vermochte der Greis nicht mehr zu folgen.

Ein Zeitgenosse, der als Schriftsteller damals nicht unbekannte Stephan Schütz, war durch Zufall in die Nachbarschaft meines Großvaters gekommen und hatte einige Male in seinem Hause verkehrt. Das veranlaßte ihn, als er den Tod meines Großvaters erfuhr, in einem längeren Aufsatz über diese Begegnung zu berichten, und ich lasse einen kleinen Auszug dieser Besprechung folgen. Nachdem er eine Charakteristik der Bildungsstufe und der Liebhabereien des Landadels in der Mark entworfen hat, sagt er von meinem Großvater:

„Ohne die Gutsverwaltung ganz aus dem Auge zu verlieren, war er hauptsächlich für sich, für sein inneres Leben, ein Denker, ein Gelehrter, ein Philosoph. Wenn man in sein Haus trat, war das öde Leben umher vergessen, besonders wenn man unsern Baron, nach lebhaftem

---

25 Vgl. Anm. 7. Eine solche Dissertation gehörte zu den akademischen Übungen, berechtigte aber nicht zur Führung des Doktortitels.

Empfang, nun freundlich sprechen hörte. Die Geläufigkeit, Gewandtheit, Freiheit seiner Unterhaltung versetzte den Gast auf der Stelle in den gebildetsten Cirkel der Residenz, wenn anders dieser einer so geistreich ist, und in der Bezeichnung der Wahrheit auch den stärkeren Ausdruck nicht scheut. Eine eigene Geschicklichkeit besaß der zuvorkommende Wirth darin, das Gespräch, wenn kaum der erste Gruß vorüber war, auf den Gegenstand zu lenken, der ihm gerade am Herzen lag, sei es nun irgend eine Staatseinrichtung, eine kirchliche Neuerung, eine wissenschaftliche Controverse, besonders aber eine philosophische Streitigkeit, und sehr glücklich war er, wenn ihm der Gast nur einigermaßen folgen konnte. Nicht leicht hielt Einer gegen seine Beredtsamkeit Stand, denn die Worte waren ihm so gut zu Gebote, und er mischte nicht selten Scherz und launige Einfälle mit ein, auf die nicht Jeder gefaßt war.

Bei dieser herrschenden Neigung zur Gelehrsamkeit war es denn wohl sehr natürlich, daß er vorzugsweise den Umgang suchte, von dem er hoffte, daß er den Forderungen seines Geistes entspräche. Keinen Prediger, keinen Candidaten, der von draußen hereinkam, keinen wissenschaftlichen Fremden, der die Gegend berührte, ließ er außer Acht, wenn anders sie zu einer geistreichen Unterhaltung ihm Hoffnung gaben. „Aber auch die Kunst, namentlich die Musik, erregte seine lebhafte Theilnahme, und wo immer er in der Nachbarschaft von einem musikalischen Talent hörte, so lud er es, welchem Gesellschaftskreise es auch angehörte, in seinen Musentempel ein, denn so konnte in der That seine stille Wohnung heißen, wenn hier Geist und Scherz zu einem fröhlichen Mahle sich versammelt hatte, und Saitenspiel und Lied erklang. Eine schöne Welt schwebte dann vor der erheiterten Phantasie, und er lebte als ein glücklicher Horaz darin.“

So erzählt Stephan Schütz von ihm nach einem flüchtigen Verkehr im Jahre 1798.[26] Manche Züge seines Bildes lebten wohl noch fort in dem Greise, als welchen ich ihn, fast dreißig Jahre

[26] Vgl. Stephan Schütze, Gans Edler Herr zu Putlitz auf Pankow in der Prignitz, in: Neuer Nekrolog der Deutschen, Jg. 4, Berlin 1826.

später, in der Kindererinnerung bewahre, aber stiller, scherzloser, oft verstimmt war er wohl nach schmerzlichen Erfahrungen mit den Gebrechlichkeiten des Alters geworden.

Damals beschäftigten ihn noch die Controversen, welche die Kant'sche Philosophie hervorgerufen hatten, und er bekämpfte diese mit den Waffen des alten Leibnitz'schen Systems; dann traten die Folgen der französischen Revolution in den Vordergrund des Interesses, und nun richteten sich alle Blicke auf den immer steigenden, immer drohender werdenden Ruhm des ersten Consuls. Mit den Worten: „Wat macht Bunepart?" kommt täglich der alter Müller Rogge ins Zimmer, und dann wurde besprochen, was die Zeitungen berichteten. Aber noch sah man so zuversichtlich auf die Armee, die der große König geschaffen und mit der er sich als unüberwindlich bewährt hatte, daß eine ernste Befürchtung für das eigene Vaterland nicht Platz greifen konnte. Als der Krieg dann doch ausbrach, trat der jüngere Sohn, mein Vater, der seine Erziehung auf der damaligen académie militaire in Berlin genossen hatte, in die Armee und theilte das Unglück derselben. Eine lange Zeit der Schmach für das Vaterland, der Bedrückung der Besitzenden, der Vernichtung des allgemeinen Wohlstandes trat ein, und jetzt konnte mein Großvater sein Wissen, seinen muthigen Charakter, seine unerschütterliche Gerechtigkeit für sein Haus und für die weiteren Kreise seiner Nachbarschaft bewähren.

Die lange französische Occupation lastete schwer auf den Landsitzen und Gemeinden auch in der Mark; die Contributionen stiegen bis zum Unerschwinglichen, namentlich im Verhältnis zu der kargen Ertragsfähigkeit des Landes, die nur den bescheidensten Ansprüchen der Bevölkerung Genüge leistete. Mein Großvater, der das Französische wie seine Muttersprache sprach und schrieb und in der französischen Literatur gründlich bewandert war, empfing die napoleonische Einquartierung wie Gäste, aber er verlangte auch, daß sie ihn als Herrn des Hauses ansahen und ehrten. Er dehnte seine Gastfreundschaft auch auf die gebildeteren Officiere aus, die in der Nachbarschaft in Quartier lagen, aber er forderte dafür ihre Unterstützung, wo immer ein Conflict drohte oder ausbrach. Die Feinde ehrten die Energie, die Unerschrockenheit, die Gerechtigkeit des schon alternden Mannes, dessen Wissen auch auf dem Boden ihrer heimischen Bildung ihnen imponirte, und so nahm der Verkehr den Charakter freundlicher Geselligkeit an. Immer vorangehend in Opfern, die für das Allgemeine gebracht werden mußten, immer eintretend, wo es galt, Andern Recht und Billigkeit zu wahren, gab und empfing er in dieser schwersten Zeit des Vaterlandes manche freundliche Stunde anregenden, geselligen Verkehrs, dankbarer Anerkennung und knüpfte angenehme Verbindungen, die über Jahre hinaus fortdauerten.

Dann kam die Erhebung des Vaterlandes und mit ihr bange Sorgen um den jüngsten Sohn, der wieder in die Armee getreten war, und mehrfach, zuletzt schwer, verwundet in Prag darnieder lag. Zu dieser Zeit starb, nach kurzer Krankheit, meine Großmutter, und der rückkehrende Sohn fand das Elternhaus vereinsamt wieder.

Es war am 8. October 1826, an einem Sonntage, und schon waren die beiden Familien bereit, in gewohnter Weise zu Tisch hinüber zu fahren, als ein reitender Bote kam mit der Meldung, der alte Herr fühle sich nicht wohl und wünsche, daß nur seine beiden Söhne kommen möchten. Diese hatten den Vater matter gefunden als sonst und schickten zum Arzt, gegen den Willen des Kranken, der sich mit ihnen zu Tische begab, und fast heiter erklärte, in die Gesetze der Natur sei nicht einzugreifen, seine Tage gingen zu Ende und er fürchte nicht den Tod, den er als Verheißung der höchsten irdischen Offenbarung auffasse. Er ließ sich dann bald nach Tische zu Bett bringen, aber so klaren Geistes, daß die Söhne ohne Beunruhigung heimfuhren.

Wir hatten den Tag doch in unheimlicher Erregung zugebracht und freuten uns, den Vater früher, als wir ihn erwartet hatten, zurückkommen zu sehen. Es war ein naßkalter Herbsttag. Ueber den Himmel zog das dunkle Gewölk und der Tag schwand früh. Da sprengte wieder ein Reiter auf den Hof und rief den Vater zurück. Mit dem alten Herrn sei eine merkwürdige Veränderung vorgegangen. Die Söhne kamen noch zu den letzten, leisen und unbewußten Athemzügen des vierundachtzigjährigen Greises.

Welch tiefen Eindruck das Ereigniß auf mich, den noch nicht sechsjährigen Knaben, machte, beweist, daß mir die Stimmung des Tages, die Todesnachricht, die Trauer des heimkehrenden Vaters noch heute ganz frisch im Gedächtniß stehen.

Auf den ausdrücklichen Wunsch des Verstorbenen blieb der Sarg noch sechs Wochen lang ungeschlossen in dem abgelegenen Lusthause stehen, das ich oben beschrieb.

So war er doch nach Jahren zurückgekehrt zu dem Raum, der ihn so oft zu geistig belebten, poetisch erregten Stunden eingeladen und ihm Zuflucht gegeben hatte. Die herbstlichen Erlen streuten ihr fallendes Laub auf das Dach, das den Todesschlummer ihres Freundes beschützte; der kleine Bach, bewegt vom rauschenden Herbststurm, sang das Schlummerlied klingend um die Pfosten, die diese Ruhestätte trugen, die, gleich nachdem sie ihren Erbauer noch einmal beherbergt hatte, und er dann zur Gruft im Kreise seiner Ahnen geführt war, auch abgerissen wurde. Sie hatte ihre Aufgabe erfüllt und sollte keinem andern Zweck mehr dienen[27].

---

[27] Gebhards Sarg, wie auch der seiner Gattin wurden 1848 bei der Errichtung des Familienfriedhofs in Pankow dort in der Erde bestattet, wo sich die Gräber noch heute befinden. Sie entgingen damit der lieblosen Entsorgung der Wolfshäger Gruft beim Abriß der dortigen Schloßkirche im Jahre 1982, in der sie 1813 und 1826 zunächst beigesetzt worden waren.

Der Nachlaß der Großtante

Erinnerungen aus früher Kindheit bekommen etwas Mythisches. Sie würden sich längst verwischt haben, hätten wir sie nicht durch das ganze Leben immer wieder in das Gedächtniß zurückgerufen, ja erzählt. Dadurch gewannen sie ein festes Bild, eine ausgebildete Form des Wortes. Wo die Auffassung, das Verständniß des Kindes aufhörte, trat unbemerkt und unabsichtlich die ergänzende Phantasie ein, das Empfangene wurde ausgelebt und mit gereiftem Urtheil geklärt. Wir wissen nicht mehr, wo die Beobachtung abschließt, die Einbildungskraft eingreift. Wir müssen also das Ereigniß wiedergeben, wie es uns vor der Seele steht, wenn es uns auch im Laufe der Jahre verschoben wurde, wenn auch einzelne Facta ineinander flossen. Die Charaktere der Menschen aber, die wir in der Erinnerung neu beleben, suchen wir mehr durch den Eindruck, den die äußere Erscheinung auf das Kindergemüth ausübte, zu erklären, als aus dem Verständniß.

Ich mochte sechs oder sieben Jahre alt sein, als ich mit den Eltern und meiner ältesten Schwester (die jüngeren Geschwister waren noch nicht geboren), von den Verwandten meiner Mutter bei Berlin kommend, wo wir das Weihnachtsfest verlebt hatten, auf einem Umwege eine alte Tante meines Vaters, die Schwester seiner Mutter, besuchten. Sie wohnte, eine achtzigjährige Greisin, in ihrem Häuschen in dem kleinen Städtchen Lindow, unweit Ruppin, und war die letzte lebende von fünf Schwestern, von denen nur die älteste und die jüngste sich verheirathet hatten[28]. Ihre

[28] Elisabeth Catharina Johanna Dorothea v. Winterfeld (1739–1816) hatte Adam Leopold v. Wins (1739–1800) geheiratet, die jüngste

Mutter[29], die Schwester des unglücklichen, in Küstrin enthaupteten Freundes Friedrich's des Großen, Hans Hermann von Katt, hatte für die drei unverheiratheten Töchter das Haus in Lindow gekauft, über das die Letztüberlebende dann die Verfügung behalten sollte. Aber die Schwestern konnten sich unter einem Dach, im beständigen Zusammensein, nicht vertragen und zogen auseinander an verschiedene Orte. Nun war Luise, die älteste, im alleinigen Besitze des Hauses. Das Alles wurde wohl auf der Reise zwischen den Eltern besprochen und erregte und erhöhte die Spannung der Kinder, mit der sie der Bekanntschaft der Greisin, des geheimnißvollen Hauses mit Allem, was es barg, entgegen sahen. Und sie hatten Zeit, das auf sich wirken zu lassen; denn die Reisen waren damals lang und gingen langsam. Unsere ungeduldige, an Reisecomfort gewöhnte Zeit könnte sie nicht mehr ertragen. Wir fuhren mit eigenen Pferden in dem schweren Reisewagen auf oft grundlosen, halb gefrorenen und ausgefahrenen Straßen, Schritt für Schritt in den letzten Decembertagen. Eine Mischung von Regen, Schneeflocken und Nebel umschleierte das matte Sonnenlicht, das keinen Strahl durch die feuchte Luft zu

---

Schwester war die Großmutter, Juliane v. Winterfeld (1756–1813), seit 1784 mit Gebhard zu Putlitz verheiratet (Abb. 5 und 6); Henriette Elisabeth Marie war 1789 in Neuhausen verstorben; Hedwig Amalie Friederike Caroline starb 1830 in Wittstock und die Letztüberlebende war Catharina Luise Gebhardine, die 1834 in Lindow verstarb.

29 Elisabeth Catharina v. Winterfeld, geb. v. Katte (1714–1786) war seit 1737 mit Gebhard v. Winterfeld (1704–1778) vermählt, dem außer Neuhausen noch die von ihm begründeten Vorwerke Neuhof, Burow, Molnitz und Strigleben in der Prignitz gehörten. Er ließ um 1730 das Schloß in Neuhausen zu einem stattlichen Barockbau umgestalten. Porträts dieses Ehepaares von Emanuel Dubuisson gelangten 1834 nach Pankow bzw. 1859 dann nach Retzin, vgl. Abb. 18.

senden vermochte, die uns aber zwang, den Wagen von allen Seiten mit den Ledergardinen zu schließen. Da diese nur je eine kleine, kaum handgroße Glasscheibe hatten, die der Schnee sofort deckte, herrschte völlige Dunkelheit im Wagen, in dem die lange Pfeife des Vaters die Luft durch die wirbelnden Tabakswolken verdickte. Und so waren wir früh aufgebrochen im letzten Nachtquartier und fuhren mit einigen Raststunden, deren die Pferde bedurften, den ganzen Tag, bis dieser mehr und mehr der Dämmerung wich. Immer neue Fragen: „Wie weit, wie lange noch?" Immer wiederholtes Beruhigen der Eltern. Und nun hielt der Wagen – das Ziel war erreicht. Durch den fahlen Nebel zeichneten sich noch die schwachen Contouren der Landschaft, ein See, umgeben von schlanken Pappeln auf der einen Seite des Weges, und auf der andern das Häuschen der Großtante mit den erleuchteten Fenstern. Die Hausthür öffnete sich schnell, eine alte Dienerin stürzte heraus mit der Laterne und war beim Austeigen behülflich. Sie jammerte über das greuliche Wetter, und wie das „oll Frölen" schon seit zwei Stunden in Unruhe wäre. Die Herrschaften sollten nur erst auf ihr Zimmer gehen und die feuchten Sachen ablegen, das „oll Frölen" könne ihnen nicht entgegenkommen, die warte in ihrem Armstuhl, denn mit dem Gangwerk würde es immer schlechter. So wurden wir Kinder denn, so gut es ging, zurecht gestutzt zur Vorstellung bei der alten Tante, und dieser Moment wurde immer feierlicher, je weiter er sich hinausschob. Alles aber, was wir bis dahin im Hause gesehen hatten, machte uns dies nur immer noch geheimnißvoller. Waren es doch auch Meubles, Stoffe der Gardinen und Bettdecken, Handarbeiten und Bilder, die einer längst vergangenen Zeit angehört und die die alte Tante, als die letzte Ueberlebende ihrer zahlreichen Geschwister, zusammengeerbt hatte. Vielleicht hatten wir Kinder eine Ahnung davon, daß wir zurücktraten in eine ferne, ausgelebte Zeit, vor deren stummen Zeugen wir standen. Eine Zeugin aber lebte noch und konnte in lebendigem Wort berichten von ihren Tagen, und vor die sollten wir jetzt treten. Ich habe noch die Empfindung, daß ich mir ein märchenhaftes Bild von der Greisin gemacht hatte, daß mir der Athem stockte, als die Thür sich öffnete und ich in ihr Zimmer gelassen wurde, daß aber der erste Blick alles Unheimliche verscheuchte, das ich mir ausgemalt hatte. Die alte Tante saß im einfachen, mit blumigen Kattun überzogenen Lehnstuhl, und wenn sie auch nicht aufstand, so reichte sie doch den Eintretenden ihre Hände entgegen und rief mit freundlich heiterm Ausdruck: „Willkommen, willkommen! Dank, daß Sie die lange Tagereise nicht scheuten, in dem Wetter, für mich alte, gebrechliche Person! Ich hoffe, die Kinder haben sich nicht erkältet!“ Nun ging es zum Handkuß und wir konnten uns die alte Tante genau und schon ohne Scheu ansehen. Klein und schwächlich von Figur, erschien sie noch mehr so, zusammengesunken in ihrem Polsterstuhl. Nicht das Alter allein hatte sie gebeugt. Sie war, etwa vor zehn Jahren, in ihrem Zimmer ausgeglitten und gefallen, hatte das Bein gebrochen und mußte sich seitdem zum mühsamen Gehen der Krücken bedienen. Das ertrug sie aber mit großer Geduld, wenn es sie auch noch einsamer, ihre Existenz noch freudloser gemacht hatte, als vorher. Jetzt war sie, ganz ohne Verkehr, an den Sorgenstuhl gebannt; ihr Zimmer war ihre Welt, die Erinnerungen eines langen, wenn auch ereignißarmen Lebens ihre Gesellschaft. Freilich war sie an Abwechslung auch niemals gewöhnt gewesen. Aufgewachsen auf dem märkischen Landgut ihres Vaters, war sie nach dem Tode der Eltern in das Häuschen gezogen, das sie noch bewohnte. Sie hatte nichts von der Welt gesehen, keine andern Menschen kennen gelernt, als die ihrem Verwandtschaftskreise angehörten, oder höchstens die Gutsnachbarn ihres Vaters. Die waren ihr nun Alle vorausgegangen, und die neuen Generationen mit ihren Interessen standen ihr fern. Wenn sie vom König sprach, meinte sie Friedrich den Einzigen und glaubte ein besonderes Recht dazu zu haben, denn für ihn hatte ihrer Mutter Bruder sein Leben gelassen. Den Kriegen dieses königlichen Helden hatte sie noch ihre jugendliche Theilnahme geschenkt; die französische Revolution traf nach ihrer Ansicht ein fernes Land; die Zeiten des Welteroberers Bonaparte, die Erhebung der Freiheitskriege hatten sie nur ihrer Neffen wegen, die sie mit kämpften, in Sorge gesetzt. Sonst hatte ihre Zeit stillgestanden seit einem halben Jahrhundert, wie Raum und Einrichtung ihres Zimmers unverändert geblieben waren. Alles Interesse ging damals von den Ereignissen aus, welche die Familie seit Generationen berührt hatten; das scheinbar Unwichtige gewann eine Bedeutung, das Außergewöhnliche wurde fast mythisch; Alles, was geschehen war, wurde eine Geschichte. Was hatte man sich auch sonst zu erzählen? Der Kreis der Geschichten war aber schnell durchlaufen. Urgroßeltern und Großeltern hatten sie unzählige Mal den Kindern und Enkeln berichtet; ihre Fassung, der Vortrag, mit dem sie wiederholt wurden, waren traditionell geworden und hatten sich ihre feststehenden Effecte ausgebildet, die die Zuhörer kannten, auf die sie warteten, ohne die die Geschichte nicht zu ihrem vollen Recht gekommen wäre.

Die Weltereignisse einer neuen Zeit löschten das Interesse an den Familiengeschichten aus, wenn auch die Erzähler noch länger fortlebten als die Zuhörer; aber auch jene waren fast ausgestorben. Unsere alte Großtante war noch eine der letzten der Rhapsodinnen der Familie, und wenn sie auch den Eltern oft Erzähltes berichtete, uns Kinder zog sie ganz in den Bann ihrer anschaulichen Mittheilungen, so daß mir der tiefe, erregende und erschütternde Eindruck noch unverwischt im Gedächtniß steht. Da saß die Alte in ihrem Lehnstuhl im wechselnden Schein der Kerze, die von Zeit zu Zeit mit der Lichtscheere geputzt werden mußte. In gespenstischem Halbdunkel, zuweilen grell beleuchtet vom aufflackernden Kaminfeuer, zuweilen wieder verschwindend im Schatten, hingen die Familienbilder an den Wänden und sahen herab auf die gespannt lauschenden, halb ängstlich aneinander gedrängten Kinder, denen auf der ganzen Fahrt eingeprägt war, durch keine respectwidrige Frage die alte Tante zu unterbrechen oder ungeduldig zu machen. Sie erzählte Familiengeschichten, erzählte von den Personen, die die Bilder vorstellten und die seit

Abb. 1: König Stanislaus Leszczynski in Königsberg mit einem Kind v. Katte

Jahren die Gesellschaft ihrer einsamen Stunden gewesen waren. Ihre Augen leuchteten und die kleine, abgemagerte Hand hob sich, um bald hierhin, bald dorthin zu zeigen, als wolle sie die Geschiedenen zurückrufen und wieder einführen in den Kreis der Lebenden.

„Das ist der König Stanislaus Leszczinsky,“[30] sagte sie und zeigte auf das lebensgroße Porträt eines stattlichen Mannes in der Allongenperücke, mit rothem, hermelin-verbrämtem Mantel, an dessen Knie ein Knabe von etwa 10–12 Jahren lehnte. „Als der König seinen Thron aufgeben und aus der Heimath flüchten mußte, hielt er sich vier Wochen lang bei meinem Großvater, dem Feldmarschall von Katt, auf, der damals

[30] Stanislaus Leszczynski (1677–1766) war zwischen 1704 und 1709 polnischer König. Nach der Niederschlagung seines Gönners, des schwedischen Königs Karls XII. und der Rückkehr Augusts des Starken von Sachsen auf den polnischen Thron, emigrierte er nach Schweden und Pfalz-Zweibrücken, später schließlich nach Frankreich, wo er als Schwiegervater König Ludwigs XV. Aufnahme fand und Herzog von Lothringen und Bar wurde. Seine Tochter Maria Leszczynska (1703–1768) war seit 1725 mit Ludwig XV. von Frankreich vermählt. Als Frankreich nach dem Tode Augusts des Starken (1733) Stanislaus Leszczynski erneut als polnischen Thronkandidaten unterstützt, muß dieser nach der Eroberung Danzigs durch die Russen 1734 und der Wahl des sächsischen Kurfürsten Friedrich August II. zum polnischen König erneut ins Exil gehen, das ihn zunächst nach Königsberg führte, wo ihm 1735 der preußische Kronprinz begegnete.

als Gouverneur von Preußen in Königsberg Haus hielt. Zum Dank schenkte der König ihm sein Bild, auf das er aus besonderer Aufmerksamkeit den ältesten Sohn seines Wirthes, meinen Onkel Hans Hermann, hatte malen lassen (Abb. 1)[31]. Da ist der Onkel noch einmal, wie er die Flöte bläst, während seine Schwester, meine Mutter, ihm das Notenblatt hält (Abb. 2),[32] und da hängt er, als stattlicher Officier der Gens d'armes (Abb. 4), das fürnehmste Regiment, in das er durch die Gunst seines mütterlichen Großvaters, des Kriegsministers Grafen Wartensleben, versetzt war.[33] Das schien sein Glück und wurde sein Unglück. Ge-

---

[31] Der abgebildete Knabe ist aber einer der Söhne aus der zweiten Ehe des späteren Generalfeldmarschalls Hans Heinrich Graf v. Katte (1681–1741) mit Elisabeth v. Bredow-Wakenitz (1696–1756). Die Söhne waren 1734 13 bzw. 9 Jahre alt. Hans Herrmann v. Katte (1704–1730), der der ersten Ehe seines Vaters mit der Gräfin Dorothea Sophie v. Wartensleben (1684–1706), Tochter des preußischen Generalfeldmarschalls Alexander Hermann Graf v. Wartensleben (1650–1734), entsproß, war schon 1730 hingerichtet worden.

[32] Elisabeth Catharina v. Katte, verm. v. Winterfeld (1714–1786). Dieses kleine Ölbild, *Das Geschwisterkonzert*, wird dem Maler Johann Harper zugeschrieben, gemalt zwischen 1728 und 1730. Von dem originalen Ölbild wurde eine Gouache-Kopie von einem anderen Maler angefertigt. Diese gelangte 1834 über die Winterfeld'sche Erbschaft nach Pankow bzw. nach Retzin, wo sie 1945 verloren ging. Das originale Ölbild, bei dem eine Partie mit einem Mohrenpagen angestückt wurde, gelangte über die Familien v. Winterfeld und v. Wins an die heutigen Besitzer.

[33] Das Porträt (Öl auf Leinwand, 119 x 92 cm) ist bei der Familie zu Putlitz erhalten. Es ist auf der Rückseite bezeichnet: *„Diss original bild hat der Seelige freyHerr von Katt mit grosen fleis vertigen lassen von mich, George Liszewsky Mahler in Berlin. Anno 1730.“* Der Maler Georg Lisiewski (1674–1750) war einer der wenigen vom sparsamen König Friedrich Wilhelm I. mit Aufträgen bedachten Künstler in Berlin. Er spezialisierte sich auf die Porträtmalerei und war seit 1692 in Berlin tätig.

Abb. 2: Das Geschwisterkonzert
Hans Hermann v. Katte und seine Schwester,
später vermählte v. Winterfeld

malt ist das Bild wenig Monate vor seiner Enthauptung, noch in der Fülle seines Glückes, im Besitze der Freundschaft des Kronprinzen Friedrich, im Rausche der reichsten Hoffnungen für das junge Leben."

Abb. 3: Friedrich der Große als Kronprinz

Abb. 4: Leutnant Hans Hermann v. Katte

Wie starrten wir Kinder hinauf zu dem Bilde, wie wurde es lebendig vor unsern Augen, wie schien es herauszusteigen aus seinem Rahmen, und mit welchem Grauen erfüllte uns das Geschick, von dem wir durch die Eltern bereits gehört hatten. Dies Geschick des Verwandten wurde durch Generationen wieder und wieder besprochen, halb mit dem Stolz auf die Freundschaft des jugendlichen Kronprinzen für ein Mitglied der Familie, halb mit Entsetzen über den gewaltsamen Tod auf dem Schaffot, der einem so verheißungsvollen Leben ein Ziel setzte, und in den Familiengeschichten nahm das Schicksal des „unglücklichen" Katt die erste, ergreifendste Stelle ein. Schon fing die Tradition an, einen verklärenden romantischen Schein um die Gestalt des Jünglings zu breiten, der sich selbst geopfert hatte für das Vertrauen, für die Freundschaft des Fürsten, dem später die Geschichte den Namen des „Großen" beilegte.

War das Verfahren des Königs Friedrich Wilhelm I. nicht ungerecht, willkürlich, grausam, als er das Urtheil des Kriegsgerichts über Katt, das auf Festungsarbeit lautete, in Todesstrafe durch das Schwert des Scharfrichters verwandelte? Jetzt scheint es uns so, und doch müssen wir den König nach den Anschauungen seiner Zeit beurtheilen, und jedenfalls war bei ihm das Pflichtgefühl des Fürsten, da er in Katt's Vergehen ein Verbrechen gegen das Vaterland erblickte, größer als der Zorn des Vaters. Er war zu streng, wo er meinte nicht streng genug sein zu können. Und worin bestand denn Katt's Vergehen? Er wollte dem Kronprinzen, der in Verzweiflung über, seiner Meinung nach, unwürdige Behandlung seitens seines Königs und Vaters sich dieser durch Flucht in das Ausland zu entziehen gedachte, und Katt's Unterstützung verlangte, helfen und ihn begleiten. Welcher Jüngling voll Muth, welches Herz voll Freundschaft, voll Begeisterung für den Erben des Thrones seines Vaterlandes hätte sich mit vorsichtiger Ueberlegung diesem Vertrauen entzogen, dessen härteste Sühnung ihm noch immer als höchste Ehre erschien? Mit muthiger Begeisterung hatte Katt auf dem Schaffot ausgerufen: „Ich sterbe gern für einen so liebenswürdigen Fürsten!“ und dieser Fürst war der spätere große König, der Stern und Stolz seines Vaterlandes. Wie anders stellte sich das Urtheil nach fast einem Jahrhundert über Katt's Vergehen, das damals dem strengen, aber gewissenhaften König Friedrich Wilhelm I. so todeswürdig, so verrätherisch gegen das Vaterland erschien! Wie konnten die Verwandten Katt's es anders als ehrenvoll betrachten? Aber alle diese Reflexionen hatten die Familiengeschichten längst bei Seite gelegt. Sie beschäftigten sich nur damit, die Thatsachen immer aufs Neue zu berichten, wie sie dieselben von Eltern und Großeltern gehört hatten. Freilich brauchten die Berichterstatter dazu der Zuhörer. Meine Großtante hatte solche nicht oft in der Zurückgezogenheit ihres Alters, und so benutzte sie die seltene Gelegenheit, die ihr aufmerksame Hörer zuführte, aus dem Schacht der Vergangenheit zwar nicht das Selbsterlebte, aber doch das Oftvernommene wieder heraufzubeschwören. Vielleicht fühlte sie auch, wie sie damit die Kindergemüther anzog, und sah voll Erregung und Spannung die jungen Augen auf sich gerichtet aus der halb dunkeln Ecke, in der sich die Kinder lautlos lauschend aneinander geschmiegt hatten:

„Er hätte sich retten können,“ sprach sie mit erhobener Stimme, und zeigte wieder auf das Porträt Katt's; „es wären kaum Stunden, vielleicht nur die Eile weniger Minuten, nöthig gewesen, ma chère maman hat es mir oft erzählt, aber er war zu muthig, zu edel, um Andere in sein Verderben hineinzuziehen.“

Die Wangen der Greisin hatten sich geröthet, der Gedanke der Rettung belebte, spannte, erregte ihre Züge, als stünde sie noch mitten in den Ereignissen, über die ein Jahrhundert hingegangen war. Sie setzte voraus, daß ihre Zuhörer ebenso genau die Vorgeschichte des unglücklichen Todes ihres Oheims kennen müßten, die in ihrer Kindheit noch immer das Hauptgespräch im Elternhause ausgemacht hatte. Wir Kinder wußten kaum etwas darüber und erfuhren erst nachträglich von unsern Eltern, daß der Kronprinz mit dem König auf einer Reise in Süddeutschland begriffen in dem kleinen Städtchen Sinsheim unweit Darmstadt, wo sie übernachteten, seinen Fluchtversuch ausführen wollte. Er hatte deshalb an Katt geschrieben, er solle aufbrechen und jenseits der französischen Grenze zu ihm stoßen. Katt wartete nur auf diesen Brief, der aber durch Mißverständniß in falsche Hände fiel und den Plan zur Kenntniß des Königs brachte. Katt hatte alle seine Reisevorkehrungen getroffen, zeigte sich aber in Berlin so viel als möglich, um durch eine zur Schau getragene heitere und lebensfrische Harmlosigkeit den Verdacht zu täuschen. Ja er war wohl stolz auf die Gefahr, mit der er spielte. Er zeigte sich sogar auf einem Feste, das die Königin in Monbijou gab, um ein paar Worte mit der Prinzessin Wilhelmine, der später wegen ihrer Memoiren vielgenannten Markgräfin von Bayreuth, zu wechseln, die den Plan des Bruders ahnte und die Indiscretionen Katt's fürchtete. Während des Festes traf ein Courier des Königs ein, der den

Fluchtversuch des Kronprinzen meldete und die sofortige Gefangennehmung Katt's befahl. Die Nachricht, zunächst an die Königin gerichtet, verbreitete sich schnell in der Gesellschaft. Von verschiedenen Seiten wurden Katt Warnungen zugeraunt, aber er blieb. Da trat der dänische Gesandte, Herr von Loewenörn, zu ihm und flüsterte ihm zu: „Herr von Katt, wenn Sie Ihr Leben für Nichts achten, bedenken Sie wenigstens, daß Sie noch Andere in Ihr Verderben reißen!" Katt erbleichte. Er hatte noch Briefschaften, die ihm der Kronprinz beim Abschied anvertraut hatte, unter den Correspondenzen der Königin, die er eher verbrennen, als in die Hände des Königs gelangen lassen sollte. Er eilte in seine Wohnung in der Brüderstraße.

Ich lasse die alte Tante weiter reden. In kurzen Sätzen, fast athemlos vor Erregung, schilderte sie den Vorgang:

„Der Diener öffnete ihm die Thür. – ‚Sattle Er mein Pferd, ruft Katt, und lege Er den neuen französischen Reisesattel auf.' – Der Diener sinkt fast ins Knie: ‚Der Sattel ist nicht fertig, gnädiger Herr!' ruft er, ‚aber der Meister arbeitet daran, die Nacht durch.' – ‚Ich muß ihn haben vor Tag! der Meister soll ihn schaffen!' erwidert Katt und der erschreckte Kerl läuft fort.

„Katt reißt seinen Schreibtisch auf und fängt an die Papiere zu ordnen, was er in der Satteltasche mitnehmen will, was er sofort verbrennt, was noch an die Königin zu senden ist. Es gilt sein, noch mehr des Kronprinzen Leben und Zukunft. Im Fieber durchfliegt er die Briefe. Aber noch ist Zeit. Noch erwartet er den Diener mit dem Sattel; noch ist es Nacht und eine Verhaftung nicht zu fürchten. Doch wird ihm heiß im Zimmer. Es ist Mitte August, und die Papiere lodern auf in dem Kamin. Der Schweiß perlt ihm auf der Stirn. Er stößt den Fensterladen auf, um die kühlende Nachtluft einzulassen – und entsetzt sieht er, daß der Tag graut und daß kein Augenblick zu verlieren ist. Aber da, um die Ecke der Straße kommt der Meister mit dem Sattel und schon zäumt der Diener das Pferd auf dem Hofe des Hauses. In zwanzig Minuten kann er das Thor Berlins hinter sich haben, und dann verläßt er sich auf die Ausdauer seines erprobten Pferdes. Nun sitzt er auf, der Diener öffnet die Thore des Hofes, er hält sich für gerettet. Da tritt ihm der Chef des Regimentes Gensdarmen[34], Feldmarschall von Natzmer, entgegen, begleitet vom Obristen von Pannewitz.

„Herr von Natzmer prallt entsetzt zurück. Er hatte gehofft, Katt nicht mehr zu finden. ‚Lieutenant von Katt,' ruft er, ‚ich finde Sie in Berlin. Gab ich Ihnen nicht Urlaub nach Friedrichsfelde?' ‚Ich bin eben im Begriff dorthin zu reiten!' erwiderte Katt. ‚Unglücklicher junger Mann!' sagt Herr von Natzmer, ‚Sie sind verloren! Ihren Degen, Herr von Katt, im Namen des Königs. Obrist von Pannewitz, Lieutenant von Katt ist Ihr Gefangener!'"

Die Erzählerin hielt ein. Es wurde lautlos still im Zimmer; aber das Bild des Opfers der Freundschaft, vielleicht seiner Eitelkeit, seines leichtsinnigen Muthes, seiner tollkühnen Zuversicht, sah fast gespenstisch von der Wand herab, im wechselnden Streiflicht des Kaminfeuers, als hätte die Erzählung der Greisin nicht allein das tragische Geschick, sondern auch die Erscheinung des unglücklichen jungen Mannes wieder heraufbeschworen. Wie das auf die Kinderphantasie wirkte, beweist, daß mir der volle Eindruck noch frisch vor der Seele steht.

Die Großtante berichtete hernach noch von dem Kriegsgericht über ihren Oheim, von dem Tode in Küstrin, aber sie erzählte das ruhiger, unsicherer. Wahrscheinlich war man über die Details dieses Lebensabschlusses in der ersten Zeit, aus Schonung für die Verwandten, leichter fortgegangen. Katt hatte dem Tode muthig ins Auge gesehen und ihn ergeben erduldet. „Mir geschieht mein Recht!" hatte er noch am letzten Tage dem Vater und dem Großvater geschrieben. Die verschiedenen Augenzeugen des Todes hatten der Familie das Ende so milde als möglich berichtet und dadurch die Präcision der Details verwischt. Freilich hatte der

---

[34] So im Druck, sonst korrekter Gens d' armes.

Scharfrichter dem Großvater Katt's, dem Kriegsminister Grafen Wartensleben, seine Rechnung für die Execution persönlich präsentirt und von ihm eincassirt[35]. Aber in den Familiengeschichten trat die Erinnerung an die Freundschaft des Kronprinzen in den Vordergrund, und so war es ganz dem entsprechend, daß die Nichte den Bericht über ihren Oheim mit einem Hinweis auf ein sichtliches Zeichen dieser Freundschaft abschloß. Sie zeigte auf ein Bild an der andern Wand des Zimmers, auf das lebend große Porträt eines schlanken Jünglings in anmuthiger, vornehmer Haltung, in der linken Hand den Feldmarschallstab, die Rechte auf den Helm gelegt, der zur Seite auf einem Feldstück ruht. Der Kopf frei, gepudert mit dem Zopf; das geistvolle blaue Auge freundlich dem Beschauer entgegenblickend, der Anzug der Militäruniform.[36]

„Das ist der König, der große Fritz, im ersten Jahre seiner Regierung und seiner Heldenlaufbahn!" erklärte die Großtante (Abb. 3); die Erregung ihrer eben geschlossenen Erzählung war aus den greisen Zügen geschwunden und hatte einem freudigen

---

35 Die Rechnung des Scharfrichters befand sich bis 1945 in Retzin.

36 Es handelt sich hierbei um das im Kniestückformat (Öl auf Leinwand, 143 x 125 cm) ausgeführte Bildnis des Kronprinzen Friedrich in Preußen, späteren König Friedrich den Großen (1712–1786) von Georg Wenceslaus von Knobelsdorff aus dem Jahre 1740, dem die ganzfigurige Variante Knobelsdorffs aus der Zeit um 1737 zu Grunde lag. Das Bild wurde zusammen mit anderen Familienbildern nach der Plünderung des Retziner Gutshauses 1945 gerettet und befindet sich im Besitz der Familie zu Putlitz. Es wurde 1986 auf der großen Ausstellung zum 200. Todestag Friedrichs des Großen im Schloß Charlottenburg in Berlin zusammen mit dem Porträt des Hans Hermann von Katte ausgestellt. Vgl. dazu: Friedrich Benninghoven, Helmut Börsch-Supan, Iselin Gundermann, Friedrich der Große, Ausstellungskatalog, Berlin 1986, S. 25, 41 und 61 mit farbigen Wiedergaben beider Gemälde.

Stolze Platz gemacht. „Das Bild hat der König meinem Großvater, dem Grafen von Katt, nach Königsberg geschickt, gleich nach seiner Thronbesteigung. So viel ich weiß, hat er aber nichts dazu geschrieben, wohl um die alte Wunde nicht wieder aufzureißen. Ueberhaupt hat Niemand gehört, daß der König später den Namen seines Freundes jemals wieder genannt hat. Er schloß sich ab mit der Erinnerung!"[37]

Wir Kinder starrten hinauf zu dem Bilde des großen Königs, das mit allen andern, die ich eben nannte, jetzt in meinem Wohnzimmer auf dem Lande hängt. Wie sollte man auf den ersten Blick das Porträt Friedrichs des Großen in ihm erkennen, dessen Bild die Erinnerungen seiner Zeit uns in der gebeugten Haltung, mit den scharfen, gefurchten Zügen, dem dreieckigen Hut, zuweilen mit dem historisch gewordenen Krückstock, aufbewahrt haben? Und doch findet man sich zurecht mit dem Contrast. Das später durchdringende Auge verräth schon in dem freundlichen Jünglingsblick das siegend Geistvolle, die Heldenkraft und die Gewalt des Denkers; der lächelnde Zug um die Mundwinkel, die hernach so ausgeprägten sarkastischen Falten. Natürlich war auch der „alte Fritz" in mehrfachen Stichen, ja vergoldet als Medaillon über dem Spiegel in dem Zimmer der Großtante vertreten. Diese hatte sich sichtlich verjüngt in dem Behagen, wieder einmal haben erzählen zu können, und es war ihr wohl nicht entgangen, wie sie damit auf die kindlichen Gemüther ihrer jüngsten Zuhörer wirkte. Sie dachte nicht daran, mit welchen Träumen diese die erste Nacht unter ihrem Dache zubringen würden. Am andern Morgen, im Tageslichte selbst der trüb umwölkten Januarsonne sah freilich Alles anders und weniger märchenhaft aus; aber ein Theil der

---

[37] Theodor Fontane widmete sich dieser Geschichte später ganz ausführlich und einfühlsam in seinen Wanderungen durch die Mark Brandenburg in den Bänden Havelland (Kapitel Wust) und Oderland (Kapitel Küstrin).

Scheu war doch geblieben. Wir starrten die Meubles und Bilder an, die uns an dem vergangenen Abend so unheimlich erschienen waren, und hätten gern über dieses und jenes noch Weiteres erfahren; aber es wäre gegen den Respect gewesen, eine Frage an die Großtante zu richten, und so mußten wir uns denn mit dem stummen Handkuß begnügen, der freundlich angenommen wurde, wenn es uns auch fremdartig erschien, daß die greise Verwandte uns mit „Cousin“ und „Cousine“ und „Sie“ anredete. Das war uns wohl zum ersten Mal geschehen. Sonst war die alte Dame sehr freundlich, öffnete verschiedene Schränke, die alle vollgepfropft waren mit den wunderlichsten Dingen, von denen sie uns auch Manches als Spielzeug schenkte, was wir als solches freilich nicht gebrauchen konnten. Ich erinnere mich nur noch eines, in bunten Hölzern ausgelegten Kastens mit Boston-Marken[38] und einiger zerbrochener Fächer.

Gegen Mittag reisten wir weiter und athmeten auf von dem unheimlichen Druck, den das kleine Haus auf uns ausgeübt hatte. Nun konnten wir fragen, und was sie wußten, berichteten die Eltern. Ihnen hatten die Erzählungen der alten Tanten keine so großen Eindruck gemacht, als uns. Mein Vater hatte dieselben seit seiner Kindheit fast ebenso von den verschiedenen Mitgliedern der Familie gehört, er kannte die Geschichten. Aber die Mutter war über die alte Tante selbst verwundert. Die Eltern pflegten sie alle paar Jahre zu besuchen, und meine Mutter fand sie in dem letzten Jahrzehnt, wenn auch körperlich gebrechlicher geworden, doch geistig jugendlicher, mittheilsamer, kurz sichtlich verändert. Sie hatte auch mit der Magd, die das Haus führte, eine Vertrauensstellung einnahm und im Dienste alt geworden war, darüber gesprochen. Ihr‘ Gnaden, hatte Stien‘ gesagt, die sonst so still und

[38] Boston: Ein zur Zeit der amerikanischen Freiheitskriege populär gewordenes Kartenspiel. Mit den Marken zeigte man an, welche Farbe bei der jeweiligen Runde am meisten galt.

kurzab gewesen sein, hätte „upstunds" (jetzt) ganz neue Moden „upsett". Sie schriebe alle Augenblicke Briefe, die schrecklich viel Postgeld kosteten. An wen, das wisse sie ja nicht, denn wenn sie auch die „Correspondenzien" auf die Post tragen müsse, lesen hätte sie ja nicht gelernt, und den Postsecretär fragen, was drauf stünde, das würde sie sich nie unterstehen; so viel aber wisse sie, daß die Briefe ins Ausland gingen und übers Wasser, und sonst hätte Ihr' Gnaden das selbst zu verantworten. Es kämen auch Briefe, und jedesmal schiene dann Ihr' Gnaden wie ausgewechselt, und läse sie wohl zehnmal durch, und sie glaube, wenn das gebrochene Bein sie nicht auf dem Großvaterstuhl festhielte, so würde sie im Zimmer umherspringen, wie sie es nur vor zwanzig Jahren gekonnt hätte. Dazumal würde sie es aber nicht gethan haben.

Der Vater wußte wohl, was diese Wandlung im ganzen Wesen der alten Tante bewirkt; aber sie hatte es ihm als heiliges Geheimniß anvertraut, und erst mit ihrem Tode sollte das Räthsel dieses Lebens seine Lösung finden. Es war nicht lange nach dem Besuch, den ich zu schildern versuchte, vielleicht kaum ein Jahr, daß die, vom Geistlichen ihres Wohnortes mitgetheilte, Todesnachricht der Großtante eintraf. Briefe gingen damals langsam und wurden nur zweimal wöchentlich von der Poststation abgeholt. Obgleich sich nun die Eltern sofort auf die Reise begaben, trafen sie doch erst nach der Beerdigung ein, um den Nachlaß in Empfang zu nehmen und zwischen meinem Vater, seinem Bruder und einem Vetter zu theilen[39]. Er bestand eigentlich nur aus dem Hause und aus dem, was darin aufgespeichert war; denn die Greisin hatte von den bescheidenen Renten, die ihre Brüder ihr zahlten, gelebt. Was aber fand sich nicht Alles vor in dem Häuschen! In früheren Zeiten wurde Alles aufgehoben, jedes Fädchen Seide, die verbrauchten wie die unvollendeten Handarbeiten, und die

---

[39] Es gab mehrere Vettern v. Winterfeld und mindestens einen v. Wins, die als Miterben in Frage kommen.

alte Tante hatte so Viele überlebt, so Viele beerbt! Die Erben verschenkten, verkauften an Ort und Stelle, was irgend möglich war, und namentlich von den Rococo-Meubles, die damals gering geschätzt wurden und veraltet schienen, die man nicht in die Wohnzimmer gestellt hätte. Zwanzig Jahre später hätte die Mode sie wieder an das Licht gezogen und sie geschützt. Nur was eine Erinnerung bewahrte, wurde aufgepackt, und so kamen nach einigen Wochen noch mehrere Wagen voll von Koffern, Kisten, Kommoden mit allerlei wunderlichem Inhalt, mit Bildern, Dekken und Vorhängen an. Das war ein Fest für uns Kinder! Mit welcher Neugier sahen wir auspacken, mit welcher Spannung die Kisten sich öffnen, und mit welchem Vergnügen sammelten wir die Dinge ein, die als werthlos zum Spielzeug preisgegeben wurden. Wie Vieles ist da zu Grunde gegangen, was wenige Jahrzehnte später neuen Werth erhalten hätte! So entsinne ich mich vieler Schmucksachen, die, weil Fassung, Steine und Perlen unecht waren, bei Seite geschoben wurden. Die Neugier der Kinder schlug die Perlen auf, um die Masse zu untersuchen, die sie füllte, und machte zum Putz der Puppen manche zierliche Agraffe, die dann mit den Puppen zu Grunde ging. Es war aber auch Manches darunter, was wir nicht anrühren durften, und was dadurch seinen eigenthümlichen, geheimnißvollen Reiz behielt.

Vor Allem interessierten uns die alten Familienbilder, in Erinnerung an jenen Abend und an die Erzählungen der alten Großtante. Der Zauber, der über ihnen gelegen hatte und dessen Macht wir noch im Gedächtniß bewahrten, war verschwunden, als die armen Bilder im hellen Tageslicht von dem Wagen gehoben und bei Seite gestellt wurden. Und es waren doch dieselben, die uns damals mit so ehrwürdigem Schauer erfüllt hatten, ja wir erkannten sie alle wieder. Unser Vater wollte keines der Bilder haben, theils um sie nicht zu trennen, theils weil Porträts, deren Originale er nicht gekannt, keine Werth für ihn hätten. Außerdem, das sah man jetzt, waren die Bilder vielleicht noch durch den letzten Transport vielfach beschädigt, eingeschlagen und im

Staub der Jahre gedunkelt, die Rahmen waren zerbrochen oder fehlten ganz. Mein Onkel nahm einen Theil der Bilder, fast aus mitleidiger Pietät, und durch die dritte Hand erst sind sie wieder in meinem Besitz gekommen, als werthvoller Schmuck meines Wohnzimmers[40].

Und doch – eins der Bilder hielt mein Vater zurück, nicht für sich, sondern um es weiter zu geben, das Bild des Königs Stanislaus von Polen, und das hatte seinen besonderen Grund und seine eigene Geschichte. Gleich nach dem Tode der alten Tante erhielt mein Vater einen Brief von einer Cousine, Frau von Leszczynski, die er freilich niemals gesehen hatte, obgleich deren Vater der Bruder meiner Großmutter war. Die Cousine schrieb, sie habe gehört, daß die alte Tante gestorben sein, und daß sich unter ihrem Nachlaß das Porträt des Königs Leszczynski befinde. Da ihr Mann nun derselben Familie entstamme, der auch der König Stanislaus angehörte, frage sie an, ob sie nicht das Bild erwerben könnte, das für sie vielleicht mehr Interesse hätte, als für jeden Anderen aus der Verwandtschaft. Mein Vater schickte das Bild sofort an die Cousine ab, die er nichtsdestoweniger nie kennen gelernt hat, wenn auch ein paar verwandtschaftlich freundliche Briefe gewechselt wurden, die wenigstens aus der Ferne eine Verbindung herstellten, die ein halbes Jahrhundert später die Söhne der Beiden zusammenführte.

Ich traf den Sohn dieser Tante bald nach dem französischen Kriege, in dem er sich einen hervorragenden Namen gemacht hatte, und die Verwandtschaft, die ich durch die Geschichte jenes

---

40 Die Bilder-Erbschaft kam nach Pankow zu Carl Theodor zu Putlitz. Von diesem erbte sie sein Sohn Theodor, so daß dessen Pflegetochter Luise v. Schkopp, später vermählte v. Barsewisch (1853–1947) die Bilder aus ihrer Kindheit bestens kannte. Als Pankow 1859 nach Theodors Tod an seinen Onkel Eduard und seinen Vetter Gustav zurückfiel, nahm dieser die Bilder nach Retzin.

Bildes kannte, führte uns schnell freundschaftlich zusammen, besonders da wir mehrere Jahre lang denselben Ort bewohnten. In dem Wohnzimmer des Vetters hing ein großes Porträt im Costüme der ersten Hälfte des vorigen Jahrhunderts. Es kam mir bekannt vor, und doch wußte ich nicht gleich, woher ich es kennen sollte. Plötzlich fiel es mir wie Schuppen von den Augen. Es stellte den König Stanislaus vor, neben ihm den Knaben Katt; es war dasselbe Bild, das damals die alte Großtante zeigte und das mein Vater seiner Verwandten schickte. Der Sohn wußte nicht, wie seine Mutter in den Besitz desselben gekommen sei; ich berichtete den Zusammenhang, und manche Stunde anregenden Geistesaustausches und verwandtschaftlicher Freundschaft habe ich diesem Bilde gegenüber verlebt.

Aber ich kehre zurück zu dem Nachlaß der Großtante und zu ihrer eigenen Geschichte.

In einem alten Schranke, in dem sie ihre liebsten Andenken aufbewahrt hatte, fand sich, als man die unzähligen Schiebfächer herauszog, ein kleines verborgenes Fach, das sie ihrer alten Haushälterin bezeichnet hatte, mit dem Auftrag: die Erben sollten es gleich nach ihrem Tode öffnen. Es fand sich darin das Miniatur-Porträt eines jungen Officiers in schwedischer Uniform mit einem sorgfältig zusammengeschnürten Packet von Briefen, und dabei ein Zettel von der Hand der Verstorbenen, in dem sie die Erben bat, Briefe und Porträt ihr mit in den Sarg zu legen.

Das war nun zu spät: die Greisin war seit Wochen begraben und dies Vermächtniß fand sich sogar fernab von ihrer Ruhestätte. Aber mein Vater zeigte uns das Bild und das Packet, und verbrannte es dann, um wenigstens insoweit dem Wunsche der Verstorbenen zu genügen, daß dieser heiligste Besitz sie nicht überlebe oder in fremden Händen bliebe. Aber mit dem Tode der Tante durfte er den Schleier von dem Geheimniß ihres Lebens lüften und die Wandlung ihres Wesens im späten Alter erklären.

Ein junger schwedischer Officier, Herr von Boltenstern, lag im Jahre 1758, als die Schweden im siebenjährigen Kriege durch die Mark zogen, im elterlichen Hause der Großtante in Quartier.[41] Es waren damals noch mehrere unverheirathete Töchter im Hause, und alle mochten sich um die Huldigung des stattlichen jungen Mannes bemühen. Aber die älteste, Luise, scheint ihn am meisten angezogen zu haben. Nach einem alten Miniatur-Bilde, freilich aus späterer Zeit, muß sie, wenn auch nicht schön, doch anmuthig gewesen sein, von nicht hoher, aber sehr zierlicher Gestalt. Das Auge, das mir als groß, klar und stechend im Gedächtniß steht, hatte damals noch den klugen, aber sanften Ausdruck der Jugend.

Die Schwestern überwachten mit eifersüchtigen Blicken das Paar. Beide haben wohl kaum einige unbemerkte Worte gewechselt, aber die aufkeimende Neigung bemerkte Jeder von ihnen, mehr vielleicht an der eigenen Empfindung, als an dem Andern. Nun mußte der junge Officier weiter ziehen, und da verriethen ihm die Thränen in Luisens Augen noch deutlicher als vorher, wie es mit ihrem Herzen stand. Sie suchten und fanden Gelegenheit zu einer heimlichen Unterredung, die kurz genug gewesen sein mag. Der junge Officier versprach gleich nach seiner Rückkehr in die Heimath mit seiner Familie zu berathen und dann bei Luisens Vater um ihre Hand zu werben. Was konnte den Liebenden entgegenstehen? Der junge Mann war von guter Familie, in günstigen Verhältnissen; die Eltern, das konnte man voraussehen, würden gern der Tochter ihre Einwilligung geben. Aber damals war die Form der Werbung bei dem Vater, nach Rücksprache mit der eigenen Familie.

Der junge Officier zog ab, und Luise wartete. Sie wartete geduldig, denn sie that es mit Zuversicht. Es verging ein Jahr und mehrere, sie wartete immer und mit unerschüttertem Vertrauen,

---

41 Gemeint ist hier das Winterfeld'sche Schloß in Neuhausen. Die Schweden kämpften im 7-jährigen Krieg – wie schon 1675 – als Verbündete Frankreichs gegen Brandenburg-Preußen.

daß der Brief kommen würde und müßte. Mehrere Bewerber wies sie zurück, selbst gegen den Wunsch der Eltern, mit einer Entschiedenheit, die man ihrem sanften Charakter nicht zugetraut hätte. Und es war damals nicht leicht für ein junges Mädchen, sich dem Befehl der Eltern zu widersetzen. Man gehorchte in jener Zeit, und es wurden mehr Ehen aus Gehorsam als aus Liebe geschlossen.

Jahre vergingen, und Luise hoffte nicht mehr. Mit welchen Schmerzen mag sie diese Hoffnung aufgegeben haben! Welche Zeit der Erwartung, welcher Kampf mit dem Zweifel! War er todt, oder hatte er sie vergessen?

Luise bezog das Haus, in dem ich sie sah, und blieb einsam, immer die eine Liebeserinnerung im Herzen. Da speicherte sie alle die Raritäten auf, da floß eine Erbschaft nach der andern den Schätzen zu, die Zimmer, Kisten und Kasten, Schrank und Kommoden füllten und das Haus fast zu eng machten. Da erzählte sie die alten Familiengeschichten von Eltern, Großeltern und Urgroßeltern, wenn ihr einmal seltener Besuch ins Haus kam. Nur die eigene Herzensgeschichte erzählte sie nicht. Die blieb ihr still verschlossenes heiliges Geheimniß.

Nun starb auch noch ihre letzte Schwester und wurde beerbt. Luise war schon nahezu achtzig Jahre alt geworden. Was kam da noch Alles zu den schon kaum unterzubringenden Dingen; denn Luisens Schwester hatte auch gesammelt, und war im Sammeln alt geworden, und im unermüdlichen Schaffen wunderlicher Handarbeiten, von Bett- und Tischdecken, die sie aus Seiden- und Kattun-Flicken zusammensetzte, auf die sie dann Muster stickte mit bunter Seide. Es sind noch Proben von diesen Arbeiten vorhanden. Und als Luise das nun einordnete in die schon überfüllten Räume, da tauchte manche Kindheits- und Jugenderinnerung auf, wenn ihr Gegenstände in die Hand fielen, die sie seit sechzig Jahren nicht mehr gesehen hatte. So auch eine Menge bunter Seide, gewickelt auf zierlich genähte Knäuel, oder auf mehrmals gefaltete Papierblätter, oder auf zusammen gesteckte Gänsehälse, in denen Erbsen klapperten[42]. Die Farben waren zum Theil verblichen, und doch sprachen sie Luisen von verrauschter Zeit, von überwundenen Stimmungen. Mit der Seide stickte sie mit an einer künstlichen Tischdecke zur Ausstattung einer Schwester, die sich verheirathete: meiner Großmutter. Es waren rothe Arabesken auf grüne Seide gesteppt und zwischendurch bunte Blumen. Ich habe diese Decke noch gesehen und deutlich im Gedächtniß. Daran half sie sticken zu eben der Zeit, als sie wartete auf den Brief des Geliebten. Damals, wie oft hatte sie diese Seiden in Händen gehabt! Eine von himmelblauer, verschossener Farbe war fast verbraucht, nur ein einziger Faden war noch übrig und ließ das Papier durchschimmern, auf das er gewickelt war. Was mochte auf dem Papier stehen? Luise, die achtzigjährige Greisin, wickelte den blauen Seidenfaden ab; ein Brief kam zum Vorschein, oft zusammengelegt, gebrochen und zerrissen in den Falten, in denen er seit sechzig Jahren gelegen hatte. Und doch konnte sie ihn noch auseinanderlegen, konnte ihn lesen, und sie las und las, denn es war der Brief, auf den sie ihr Leben lang gewartet hatte, war der Brief, in dem der Geliebte bei ihrem Vater um ihre Hand warb! Ein gebrochenes Lebensglück rollte an ihren Gedanken und Empfindungen vorbei. Der Stein, an dem er scheiterte, der Fittig, der es hätte heben können, lag vor ihr – ein alter zerknitterter Brief von vor sechzig Jahren.

Der Zusammenhang war leicht gefunden; die Intrigue war so einfach als die Liebesgeschichte. Die Eifersucht der Schwester hatte den Brief unterschlagen. Wie oft aber, umhüllt von den blauen Fäden, hatte sie ihn in der Hand gehabt, und nun führte

---

42 Solche, mit Kattun des 18. Jahrhunderts überzogene Gänsegurgeln, von Luise v. Schkopp als Erbstücke aus dem alten Pankow verwahrt, werden heute im Schloß Wolfshagen ausgestellt, wie auch ungezwirnte Seiden, wie sie für Stickereien verwendet wurden.

ihn ihr ein Zufall, nach einem Menschenleben, wieder zu und löste das Geheimniß ihres Herzens. Jetzt zum ersten Mal erzählte sie ihren Neffen von ihrer Liebe. Es muß etwas Wunderbares für diese gehabt haben, auf einmal den Schlüssel zu dem verschlossenen Wesen zu empfangen, das sie so lange kannten und doch jetzt erst verstanden. Die Greisin, streng verschwiegen über jede eigene Empfindung, sie, der man die Liebesfähigkeit absprach, weil sie alle Liebe von sich gewiesen hatte, der man scheu entgegentrat, weil man ihr kein Herz zutraute, sie hatte geliebt, gehofft, verzagt und entsagt, hatte ein still verborgenes Herzensleben geführt, Empfindungen in sich verschlossen wie heimlich gepflegte Blüthen, und erst nach sechzig Jahren traten sie an das Licht.

Man zog Erkundigungen ein über jenen Officier. Er lebte noch, unverheirathet, ein rüstiger Greis. Und Luise schrieb ihm, schrieb ihm mit der ganzen Schüchternheit eine jungen Mädchens. Seine Antwort kam.

Er hatte seinen Brief abgeschickt, vergebens auf Antwort gewartet, und nahm das Schweigen für eine Zurückweisung; aber seiner Liebe, der ersten und einzigen, war er treu geblieben. Er hatte sich nicht verheirathet. Also auch er hatte gewartet, gehofft, gezweifelt und ausgeharrt; auch er war unbeglückt geblieben.

Ein Briefwechsel begann, aber wiedersehen wollten sie sich nicht. Wie wäre das auch damals, in ihren Jahren, bei der Entfernung möglich gewesen. Aber von ihrem Leben wollten sie sich erzählen, so inhaltslos es war, und von Empfindungen einer fernen, fernen Jugend.

Jetzt vielleicht zum ersten Mal sprachen sie sich's klar und bestimmt aus, was sie für einander empfunden hatten. Es wurden Briefe gewechselt von achtzigjährigen Händen voll wahrer einfacher Liebesergüsse, wie sie das Herz von zwanzig Jahren empfindet.

Wie mögen sich die bleichen Wangen der Greisin geröthet haben, als sie schrieb; wie hat wohl ihr Herz gepocht, wenn sie seine Briefe empfing. Auch sein Bild aus jüngeren Jahren schickte er. Das waren Bild und Briefe, die ich in meines Vaters Händen sah, und die er verbrannte. Er starb wenige Jahre vor ihr. Wie und ob sie ihn beweinte, weiß Niemand. Er hatte doch einen Schein von Glück aufgehen lassen über ihr Alter, über den schmalen Rest eines kargen, freudlosen Lebens.

Die meisten der tausend Sachen, die damals aus der Nachlassenschaft der Großtante kamen und die Phantasie von uns Kindern beschäftigten, sind zerstreut, verbraucht, zu Grunde gegangen. Einzelnes ist bewahrt und in meinen Besitz gekommen. So die Familienbilder. Ein Bild mußte ich mir selbst wieder heraufbeschwören und fesseln in der Erinnerung – das der alten Großtante.

Mein Elternhaus

Ein Bild seiner Wandelungen durch sechzig Jahre.

Das Haus, von dem ich berichten will, ist das Herrenhaus des kleinen märkischen Dörfchens Retzin, das so recht inmitten der Priegnitz liegt, wo seit einer Reihe von Jahrhunderten meine Familie seßhaft ist, und wo es die Linie derselben, zu der ich gehöre, mit ausgebreitetem Grundbesitz noch zur Stunde blieb.[43] Von den zwei anderen Linien ist die eine ausgestorben. Sie griff mit ihrem Besitz über die Elbe hinaus in die Altmark hinein. Die andere ist nicht mehr in der Gegend begütert[44]. Retzin hat eine Anzahl von Bauern- und Halbbauern-Gehöften, die im Kreise um

---

[43] Das kleine Runddorf Retzin ist alter Bestandteil der Herrschaft Putlitz und hieß ursprünglich Klein Retzin (1489 Ersterwähnung als Lutken Retzin). Seit dem 17. Jh. aber wird es nur noch Retzin genannt, nachdem das benachbarte Groß Retzin (zwischen Retzin und Dannhof) im Mittelalter wüst geworden war. Ende des 17. Jh. entstand die zu Wolfshagen gehörige kleine Gutswirtschaft am östlichen Dorfrand. 1814 übernahm Gustavs Vater Eduard zu Putlitz das Gut und baute das alte Gutshaus.

[44] Gemeint ist die Linie, deren Mitglieder nach dem Verkauf von Wittenberge 1788 auf den Lehnsverband verzichteten und verschiedene städtische Berufe ergriffen. Mit dem Grundbesitz verlor diese Linie den Kontakt untereinander und mit den in der Prignitz weiterhin begüterten Verwandten. Ihr entstammt der in den 1920er und 1930er Jahren berühmt gewordene Hamburger Architekt Erich zu Putlitz (1892–1945). Er arbeitete zunächst als Bühnenbild-Assistent am Düsseldorfer Schauspielhaus, bevor er im Architekturbüro Lossow & Kühne (Dresden) ausgebildet wur-

den Dorfplatz gebaut sind, wodurch es seinen wendischen Ursprung bekundet. Hinter den Höfen liegen die Obst- und Kohlgärten, an die sich meist ein Wiesenstück anschließt, auf dem einzelne hohe Bäume, wie der Zufall sie aufschießen ließ, zum größten Theil alte Eichen, ihre Aeste breiten. So liegen die Höfe, überragt von Baumkronen, im Grünen. Eine Kirche fehlt. Der Ort ist in einem Nachbardorfe eingepfarrt.[45] Der Gutshof schließt sich dem Dorfplatze an, ist aber ganz in den Jahren 1816 bis 1830 von meinem Vater neu aufgebaut und zwar an einem Platze, der ehemals Pferdekoppel war. Er wird von dem Herrenhause begrenzt, hinter dem sich Garten und Park ausbreiten, gleichfalls von meinen Eltern geschaffen mit Benutzung alter mächtiger Eichen und Linden. Das ist mein Geburtsort und seit fast 40 Jahren mein Heim.

Ein märkisches Dorf! Die meisten meiner Leser werden dabei an karge Sandstrecken, an flache, kümmerliche Felder, an spärlich bestandene Kieferwälder denken; die von der Natur ihrer Länder freilich begünstigteren Süddeutschen halten noch immer, wenn man von der Mark spricht, an dem Begriff „des deutschen Reiches Streusandbüchse“ fest. Allerdings ist unsere Gegend nicht reich an landschaftlichen Schönheiten, und was sie bietet, muß mit Fleiß und harter Arbeit ihr abgerungen werden; aber unschön ist es nicht bei uns daheim, denn Wiesenpläne und Baumgruppen unterbrechen überall, so weit das Auge reicht, die Felder, als befänden wir uns in einem stark gelichteten Walde, in dem zwischen den ernsten Kiefern, mit den dunklen Wipfeln und den schwanken rothen Stämmen, die Birke, mit dem leichtflatternden, hängenden Zweigen um die weißen Aeste, und die Kraft der Eichen mit der

---

de. 1924 ließ er sich schließlich in Hamburg nieder und wurde Partner im bekannten Büro Klophaus und Schoch. Vgl. Petra Bojahr, Erich zu Putlitz. Leben und Werk 1892–1945, Hamburg 1997.

45 Kirchdorf für Retzin war Seddin.

viel gefurchten, grauen Rinde, zwischendurch auch Linden und Buchen mit den vollen Kronen um die glatten Stämme, aufwuchsen. Die Felder aber hat Fleiß und Mühe der Bebauer und die vorgeschrittene Cultur zu fruchtbaren Strecken gestaltet, so daß wir uns an unserer märkischen Natur freuen könnten, auch wenn sie nicht unsere Heimath und uns deshalb in das Herz gewachsen wäre. Mir natürlich ist mein Heimathsort mehr. Jeder Baum im Park weckt mir Erinnerungen, jeder Platz im Garten ruft mir vergangene Zeiten zurück; Alles zeigt mir das Schaffen meiner Eltern und mein ganzes Leben im Wechsel bewegter und ruhiger Tage im Vorwärtsschreiten und Rasten durch eine lange Reihe von Jahren, im Hoffen und Zagen; die beglückten sonnigen, wie die schweren und trüben Stunden ziehen an mir vorüber, im Andenken und Nachempfinden. Ich sehe zurück auf einen weiten Weg des Lebens, der nicht immer auf der gewohnten, getretenen Straße hinführte, der seinen Pfad ablenkte und selbst suchte, der vorwärts stürmte im Streben und auf dem ich manche Stunde verträumte im Rasten und verzagten Umkehren.

Aber ich wollte von meinem Elternhause erzählen, und da darf ich nicht vorgreifen, um den Faden nicht zu verlieren, sondern ich muß die frühesten Erinnerungen ins Gedächtniß wachrufen, ja mit dem anfangen, was mir meine Eltern berichteten. Ich habe es schon oben ausgesprochen, daß mein Vater den Gutshof mit den Wirthschaftsgebäuden, wie sie mir vor Augen liegen jetzt im Augenblick des Schreibens, die ich mit einem Blick übersehe aus dem Fenster meines Arbeitszimmers, alle baute, denn er war der erste Besitzer, der in Retzin lebte und sich hier sein Heim, die Stätte seiner Arbeit, schuf. Bis dahin war dies kleinere Gut Zubehör zum Besitz meines Großvaters, der das größere, Groß-Pankow, bewohnte. Retzin war für geringen Zins verpachtet und nährte nur mühsam den Pächter.

So ist es natürlich, daß ich kurz von dem Leben meines Vaters berichte, ehe ich von dem Hause erzähle und was ihn bewogen, in demselben seine Heimath zu gründen.

Abb. 5: Gebhard zu Putlitz

Abb. 6: Juliane zu Putlitz, geb. von Winterfeld

Mein Großvater war 42 Jahre alt geworden, ehe er sich verheirathete mit der Tochter aus einem adeligen Hause in der Umgegend[46]. Die Ehe war nach den conventionellen Gewohnheiten der Zeit und wohl nicht aus Neigung geschlossen. Nachdem Erkundigungen eingezogen waren, ob der Stammbaum keine Fehler nachweise – denn das war nothwendig, sollten die Söhne des Hauses nicht die einträgliche Berechtigung auf die Domstifte, die Töchter die Anwartschaft auf die Fräuleinstifte verlieren[47] –, er-

---

46 Siehe das 1. Kapitel: Das Haus des Großvaters sowie Abb. 5 und 6.

47 Typische Wappenahnentafeln zu 16 Ahnen wurden für Gustavs Vater und Onkel 1789 und 1800 angefertigt, als sie als Kinder

ging die Anfrage durch gemeinsame Freunde zuerst an die Eltern der Braut, die selbst kaum gefragt wurde, jedenfalls nicht gewagt hätte, dem Befehl ihrer Familie entgegen zu antworten. Dann wurde eine flüchtige Bekanntschaft vermittelt, die kaum den Charakter des Zufälligen trug. Gewöhnlich wurden dazu die Jahrmärkte in irgend einem Städtchen der Provinz benutzt, wo die adeligen Familien der fernen Umgegend zusammenzukommen pflegten. Der Bewerber brachte gleich die üblichen Brautgeschenke mit. Die Ueberreichung derselben war der Antrag, der eine weitere Neigungserklärung unnöthig machte, die Annahme war die Form der Verlobung.

Mein Großvater kam mit seiner nachmaligen Gattin auf dem Markt in Putlitz zusammen, der Muff und Pelzkragen aus Zobel[48] wurde überreicht und acceptirt. Dann sahen sich die Verlobten nicht wieder bis zur Hochzeit, die im Kreise der Verwandtschaft und Nachbarschaft begangen wurden. – Die Ehe wurde aber eine glückliche, Dank der Vortrefflichkeit meiner Großmutter, die durch Pflichttreue, Selbstlosigkeit und Verstand sich der schroffen Eigenartigkeit des an Geist und Bildung überlegenen, gelehrten Gatten unterordnete, mit praktischem Sinn das Haus führte und zu der strengen Kindererziehung des Vaters die liebende Milde fügte. Sie erwarb sich dadurch nicht allein die treue Anerkennung des Mannes, sondern die Anbetung ihrer Kinder und aller Derer, die in den Kreis ihres Waltens traten.

Mein Vater sah in ihr das vollkommenste Wesen, das ihm im Leben begegnet war, und sprach bis in sein hohes Alter nie anders von ihr als mit Thränen der Rührung und Dankbarkeit im Auge,

---

Domherren-Präbenden in Halberstadt und Magdeburg erlangten. Solche Ahnenproben wurden von vier Edelleuten der Umgebung beglaubigt.

48 Der Muff erlebte gegen Ende des 18. Jahrhunderts eine Blüte als Modeattribut; Zobel war auch damals sehr kostbar, die Geschenke waren also durchaus der Würdigung wert.

Abb. 7: Eduard zu Putlitz

Abb. 8: Juliane zu Putlitz

Abb. 9: Carl zu Putlitz

und ich habe von Allen, die sie gekannt hatte, ob hoch oder gering, sein Urtheil bestätigen hören.

Damals bestand noch die Dienstverpflichtung der Bauern dem Gutsherrn gegenüber. Die Männer leisteten dieselbe auf dem Felde oder durch Fuhren, die erwachsenen Töchter der Bauern, indem sie ein Jahr lang als Mägde im Hause der Gutsherrschaft dienten. Das wurde zu einer Art Erziehungszeit unter den Augen und der mütterlichen Anleitung der Gutsherrin, und manche Greisin des Ortes hat mir von diesem Jahre, das sich oft auf längere Zeit ausdehnte, als der glücklichen Zeit ihres Lebens erzählt und gepriesen, was sie der alten gnädigen Frau verdanke. In der scheinbaren Härte dieser Dienstbarkeit lag der Grund zu einem patriarchalischen Verhältniß, das freilich mit derselben zusammenbrechen mußte, deren Folgen aber noch lange nachdauerten.[49]

Von den vier Kindern meiner Großeltern war mein Vater das jüngste. Zwei Töchter, die eine als Kind, die andere fast erwach-

---

[49] Die Separation von Guts- und Bauernland führte Gebhard zu Putlitz auf seinem Besitz (Pankow, Retzin, Klein Gottschow,

Abb. 10: Carl zu Putlitz

sen (Abb. 8), starben und nur die beiden Söhne überlebten die Eltern. Die beiden Brüder, kaum ein Jahr im Alter auseinander, waren doch in Anlagen und Lebensauffassungen sehr verschieden. Carl (Abb. 9 und 10), der ältere, war liebenswürdig, aller Welt vertrauend, sich selbst am meisten. Mit glücklichstem Gedächtniß, leichter Fassungsgabe, seinem Sinn für Poesie und Kunst verband er das Talent anregenden Gespräches. Er liebte Geselligkeit, auch die der Damen, war schnell der Mittelpunkt der Gesellschaft und wußte, daß er gefiel. Eduard (Abb. 7 und 11), mein Vater, muß in seiner Kindheit im Vergleich mit seinem Bruder unbeholfen, ohne Vertrauen zu eigenen Fähigkeiten gewesen sein. Wenigstens schilderte er sich selbst so, und sein Vater muß ihn das haben fühlen lassen. Das ging ihm durch das ganze Leben nach und machte ihn in seiner Jugend ungesellig. Dafür war er praktisch und klar in seinem Urtheilen und Schaffen, aber ein Zurückweisen alles Dessen, was ohne Nutzen zum Schmuck allein diente, ließ ihn in der Uebertreibung oft bizarr erscheinen. Jeder äußere Schein war ihm zuwider und blieb es bis in sein hohes Alter. Darin aber waren die beiden Brüder gleich, daß sie, wie sie das an dem Beispiel ihres Vaters lernten,

---

Wulfersdorf) bereits 1776 durch. Seine Söhne schlossen gemeinsam mit ihrem Wolfshäger Cousin Ludwig Sigismund zu Putlitz (1783–1845) 1816 im wesentlichen die durch die Stein-Hardenberg'sche Gesetzgebung ermöglichten Dienstregulierungs- und Ablösungs-Rezesse mit ihren Bauern ab.

Wissen und Bildung vor Allem hochhielten und erstrebten. Mein Großvater aber bestimmte nach der Ansicht, die er über die Fähigkeiten seiner Kinder hatte, dem ältesten Sohn eine wissenschaftliche Ausbildung, während er meinen Vater für eine militärische Laufbahn vorbereiten ließ. Gegen diesen Beschluß wäre ein Einwand unmöglich erschienen, wie überhaupt mein Großvater unerschütterlich streng war und auch in den Dingen an den Gewohnheiten seiner Zeit und seines Standes fest hielt, die veraltet waren und seinen Söhnen viel schwere Stunden machten. So brachte er seinen ältesten Sohn auf das Alumnat des Klosters Unserer Lieben Frauen in Magdeburg; da aber dieser damals schon Domherr von Magdeburg war mit der Berechtigung, das Domherrnkreuz zu tragen, befahl er das dem Knaben und duldete nicht, daß er ohne diese Decoration ausging. Der Arme mußt die ihm so lästige Auszeichnung noch obenein gegen die Neckereien seiner Mitschüler durchkämpfen[50].

Mit meinem Vater aber reiste der Großvater, als jener kaum 12 Jahre alt war, nach Berlin, ihn dem König Friedrich Wilhelm III. persönlich vorzustellen, um ihn bei der Leibgarde einschreiben zu lassen. Dem Knaben blieb diese Audienz durchs Leben in unauslöschlicher Erinnerung. Nachdem er einige Fragen, die der König an ihn richtete, fest und entschieden beantwortet hatte, forderte der General von Köckeritz, der der Vorstellung assistirte, ihn auf, durch die geöffnete Thür in das Nebenzimmer zu schreiten und bis an das Ende zu gehen, wo ein grüner Schirm stand. Hinter diesem trat die Königin Luise hervor, richtete an das verlegene Kind ein paar aufmunternde Worte und streichelte ihm die Backen[51]. Von nun an hatte der Knabe das Recht, die Junker-

---

50 Siehe die Abb. 9.

51 Die Bedeutung dieses Vorgangs können spätere Generationen vielleicht nicht in ihrem vollen Umfang würdigen. Die bis weit in das 20. Jahrhundert herein vergötterte, einzigartig beliebte Köni-

uniform zu tragen, Cordon und Offizierfederbusch und den Säbel mit dem Offizier-Porte-épée anzulegen. Aber er erinnerte sich auch sehr deutlich, daß er schon damals die Empfindung gehabt hätte, es sei nicht würdig, daß Kinder Kleidung und Ehrenzeichen wie eine Spielerei trügen, die Männer in voller Kraft als Schützer des Vaterlandes bezeichneten, und nur mit Thränen des Aergers und der Scham, nur gezwungen hätte er als Knabe die Uniform angelegt.

Zwei Jahre später wurde mein Vater nach Berlin auf die „Académie militaire des Nobles“ gebracht, einer Schöpfung Friedrichs des Großen, die durch ausgezeichnete Lehrkräfte für die Militärcarrière vorbereitete. Diese Schuljahre waren die glücklichste Zeit im Leben meines Vaters. Nach dem strengen Zwang im Elternhause der, wenn auch durch militärische Disciplin geregelte, freie Verkehr mit Altersgenossen, der Freundschaften anbahnte, die für das Leben aushielten, und dazu für den wissenschaftlich strebsamen, heranwachsenden Jüngling der anregendste Unterricht. Vor Allem waren es die Vorträge des berühmten Historikers Ancillon, die ihn fesselten, neben der liebenswürdigen Persönlichkeit des Lehrers selbst. Eins hat er diesen aber nie vergessen. Ich habe schon erwähnt, daß im Vergleich mit den glänzenderen Fähigkeiten seines älteren Bruders die Anlagen meines Vaters unterschätzt wurden, und daß mein Großvater das offen aussprach. Das hatte das Selbstvertrauen des Knaben erschüttert, und lange konnte er sich nicht von dem Druck befreien, den das auf seine ganze Entwicklung ausübte. Diesen hob ein Wort des bewunderten Lehrers, der, an einen kleinen Tadel anknüpfend, sagte: „Mais vous êtes donc une des meilleures têtes de la classe![52]“ Mein Vater sah ihn erstaunt an, und wie durch einen

gin Luise (1776–1810) hatte sich in ihrer berühmt menschlichen Art um den verschüchterten Jungen vom Lande gekümmert!

52 „Aber Sie sind trotzdem einer der besseren Köpfe der Klasse!“

Zauberschlag war der Bann von ihm genommen. Nächst dem Erwecken der eigenen Ueberschätzung gibt es nichts Gefährlicheres in der Erziehung, als das Hemmen des Selbstgefühls.

Unterdessen hatte sich der politische Horizont mehr und mehr verdüstert, und im Herbst 1806 zweifelte Niemand mehr an dem Ausbruch des Krieges. Auch unter den Schülern der Adadémie militaire fing der Kampfesmuth ihres Berufes an lebendig zu werden, und mit unbeschreiblichem Jubel empfingen sechs derselben, unter denen mein Vater, die Nachricht, daß sie durch Cabinetsordre der Armee eingereiht wären und sofort in dieselbe einzutreten hätten. Mitte September reiste mein Vater nach Naumburg und trat in das erste Bataillon Leibgarde ein, mit der er zunächst über Erfurt und Weimar marschirte, die unglückliche Schlacht bei Auerstädt mitmachte. Darauf kam der Rückzug nach Prenzlau, die Capitulation und die Entlassung der Offiziere, die sich auf Ehrenwort verpflichten mußten, in diesem Kriege gegen Napoleon die Waffen nicht wieder zu führen. Mein Vater kehrte in das Elternhaus zurück.

Hier, nach dem Jubel der kampfmuthigen Jugendzeit, begann ein düsteres, trauriges Leben in jeder Beziehung. Das Vertrauen auf die unbesiegbare Armee des großen Friedrich war gebrochen und damit die Hoffnungen auf die militärische Laufbahn vernichtet. Für geträumten Kampf und Sieg Niederlage, Schmach und Thatlosigkeit. Der Feind im Lande, dessen Ertrag die Contributionen weit über die Leistungsfähigkeit absorbirten, und dazu durch zwei Jahre die Last feindlicher Einquartierung. Und das Ende dieser Zustände war unabsehbar und immer unerträglicher wurde das müßige Leben. Mein Vater nahm einen unbestimmten Urlaub, bezog im Herbst 1808 die Universität Göttingen und ging von da im Jahre 1811 nach Berlin, wo ein buntes, geselliges und wissenschaftlich anregendes Leben sich für ihn entwickelte. Die ganze Jugend beseelte derselbe Gedanke, dieselbe Hoffnung auf einen ehrenvollen Umschwung der drückenden Verhältnisse, denn Jeder fühlte die allgemeine Noth, und der Patriotisums, der die Begeisterung des Einzelnen kräftigte, erhob zündend die Aller. Alle Verschiedenheiten, Particularismus, überlebte Traditionen schwanden, und eine und dieselbe Erwartung erfüllte alle Gemüther und stärkte sich zur Opferwilligkeit, die bereit war, Gut und Blut hinzugeben für die Erhebung des Vaterlandes. Da fiel die Nachricht des Unterganges der französischen Armee wie ein erleuchtender Blitzstrahl durch die gewitterschwarze Nacht der Heimathsgeschicke. Für meinen Vater war das der Ruf zum Wiedereintritt in die Armee, dem er ungesäumt Folge leistete. Mehrere Male leicht und bei Nollendorf durch eine Granate schwer durch das Bein verwundet, wurde er über Teplitz nach Prag transportirt, wo er drei Monate an das Krankenbett gefesselt war, bis er, kaum geheilt, mühsam nach Berlin transportirt werden konnte. Da erst erfuhr er, daß schon vor Monaten seine über Alles geliebte Mutter nach kurzer Krankheit gestorben sei. Welche Heimkehr in das Elternhaus, das ihn vereinsamt und öde empfing; der Vater alt geworden und noch schroffer und in sich gekehrter als vorher; die Hofgebäude durch eine Feuersbrunst niedergelegt; für den neuen Hof, an ganz anderer Stelle als der alte, kaum die Fundamente gelegt; dazu er selbst noch an Krücken, erschöpft von langer und oft recht unzureichender ärztlicher Behandlung. Das waren schwere, freudlose Tage und es erschien fast wie eine Erlösung, daß er, zum Fußdienst untauglich geworden, zum Generalstab versetzt wurde und der Armee nach Frankreich folgte.

In Nancy angekommen, wurde er Adjutant und blieb dort längere Zeit. Er wohnte im Hause eines alten, 80jährigen Mannes, des Baron de St. Vincent, der nie verheirathet gewesen war, und dem seine 84jährige Schwester das Haus führte. Eine junge Großnichte hatten die beiden Alten als Adoptivkind zu sich genommen. Nach vollbrachtem Dienst dinirte mein Vater mit den Dreien und blieb dann mit ihnen am coin du feu sitzen und das durch mehrere Monate. Die französische Sprache hatte er schon im Elternhause gelernt und auf der Schule vervollkommnet, da dort die meisten Gegenstände französisch gelehrt wurden. So bildete sich ein fast freundschaftlicher Verkehr, der von dem alten Lebemann in freiestem Gespräch aufrecht erhalten wurde. Man vergaß, daß man in Feindesland war, und in der That hatte man nur gemeinsame Feinde: die Revolution und den Usurpator, den gemeinsamen Wunsch: nach Frieden. In vielen Dingen wichen freilich die Ansichten der beiden Jungen von denen der beiden Alten bedeutend ab. Zum Beispiel wollte der alte Baron nichts von der Liebe wissen: „L'amour, qu'est ce que ça veut dire? Ce sont des bêtises. J'ai été souvent amoureux de quarante à la fois – en sortant de l'opéra!“[53] Dann, wenn er sich weitläufiger über das Thema explicieren wollte, schnitt ihm die Großnichte die Rede ab mit den Worten: „Oui, mon oncle, nous connaissons vos idées la dessus.“[54] Vielleicht theilte sie diese nicht. Uebrigens schilderte sie mein Vater, wenn nicht schön, so doch anmuthig, voll Frohsinn und Leben. Die Erinnerung an das junge Mädchen war unzertrennlich von der an seinen Aufenthalt in Nancy, und der Ort ist ihm stets lieb geblieben, was viel dazu beitrug, seine Vorliebe für Frankreich und die Franzosen zu mehren. Noch in den Sechziger Jahren suchte er diese seine Lieblingsstadt wieder auf und erkundigte sich auch nach Mademoiselle de St. Vincent. Sie lebte noch, eine Greisin, in Nancy, war aber krank und konnte keinen Besuch empfangen. Im Jahre 70 kam ich selbst mit Lazarethzügen mehrere Male nach Nancy und lernte die Vorliebe meines Vaters für diese eigenthümlich angenehme Stadt verstehen. Ich fragte auch nach der alten Dame. Sie hatte sich nicht verheirathet und lebte noch, wenn auch in strengster Zurückgezogenheit. Wie anders war die Welt geworden, seit damals der junge, feindliche Offizier und die lebensfrohe, eben erblühte Französin die Flammen im Camin des grand oncle schürten.

---

[53] „Die Liebe, was soll das bedeuten? Das sind Torheiten. Ich war oft in vierzig auf einmal verliebt, beim Verlassen der Oper!“

[54] „Ja, mein Onkel, wir kennen Ihre Ideen darüber.“

Dann war mein Vater noch einige Male in Paris, kam aber nach vollendetem Kriege um seinen Abschied ein, da der gealterte und einsame Vater ihn in seiner Nähe zu haben wünschte. Er übernahm einstweilen das kleine Gut Retzin und richtete sich auf demselben so gut es eben ging ein. Das war damals freilich leichter als jetzt, denn der Krieg und seine Nachwehen hatten Jedermann auf höchste Anspruchlosigkeit und Einfachheit hingewiesen. Jeder suchte es dem Andern nach dieser Richtung zuvorzuthun, aber die gemeinsame Noth hatte auch die Schranken, die noch vor wenig Jahren die Kreise der Gesellschaft trennten, niedergerissen, und Alle unterstützten sich in der Friedensarbeit für das Vaterland, nachdem sie in dem Werke des Kampfes und der Gefahr gelernt hatten, zusammenzuhalten und zusammenzuwirken. Es kam eine Zeit, in der alle Kräfte sich entwickelten und in der der zertrümmerte Wohlstand anfing, sich wieder zu erholen. Mein Vater gab sich mit klarem, praktischem Geiste und unermüdlichem Eifer der Aufgabe hin, sein durch lange Verpachtung entkräftetes Gut zu heben, und brachte dieser Aufgabe jedes Opfer, zunächst auch das der eigenen Behaglichkeit. Er richtete sich in einem Häuschen ein, das für den letzten Pächter leicht aus Fachwerk aufgebaut war und das kaum den bescheidensten Ansprüchen genügen konnte. Es hatte drei Fenster zu jeder Seite der Hausthür, war nicht einmal unterkellert, und hatte dann zwei Giebelzimmerchen unter dem Ziegeldach. In diesem Häuschen wohnte mein Vater erste einige Zeit allein, dann verheirathete er sich[55], ohne das Haus in den ersten Jahren zu erweitern; in dem-

[55] Mit Caroline v. Guretzky und Kornitz (1796–1868, Abb. 12), die der Familie vertraut war durch ihre Mutter, Charlotte v. Redern. Dadurch war sie eine Cousine von Eduards Schwägerin und Cousine Friederike zu Putlitz (1794–1864) aus Wolfshagen und mit dieser in Wolfshagen aufgewachsen: Sie entzog sich der ungeliebten Tante Erike v. Redern, die dem verwitweten Vater den Haushalt

Abb. 11: Eduard zu Putlitz

Abb. 12: Caroline, geb. von Guretzky

selben wurden meine Schwester und ich geboren und wir verbrachten in ihm die ersten Lebensjahre. Da Dienstbotenwohnungen und Küche mit in dem Häuschen untergebracht werden mußten, hatten meine Eltern für sich nur ein zweifenstriges und zwei einfenstrige Zimmer zur Verfügung, und meine Mutter fand sich in diese Beschränkung und wußte mit Umsicht und Geschick der

führte und zog den Aufenthalt in Wolfshagen bei der Tante Antoinette zu Putlitz, geborene v. Redern (1764–1835), der Gattin des Schloßerbauers Albrecht Gottlob zu Putlitz (1741–1806), vor.

Kargheit des Raumes immer noch einen kleinen Schmuck oder Behaglichkeit zu geben. Das hat sie durch das ganze Leben fortgeführt, und zu Allem, wozu sich Haus und Garten später entwikkelt und herausgearbeitet haben, hat sie allmälig, mit kleinen Mitteln, das Fundament gelegt. Und wie klein war dieser Anfang. Das Häuschen sehe ich noch vor mir. Ich habe es schon und zwar aus der eigenen Erinnerung beschrieben und will nur noch hinzufügen, daß sich hinter demselben ein kleines Gemüsegärtchen hinzog, nicht breiter als das Haus und dann spitz auslaufend, etwa 150 Schritt lang. Begrenzt wurde es durch einen schrägen, halbversumpften Graben, der es von einer Viehkoppel trennte. Der Mittelsteig ging zwischen zwei langen, schmalen Beeten hin, auf denen, von Buchsbaum eingefaßt, die einfachsten Gartenblumen blühten, ein karger, anspruchsloser Schmuck. Hinter diesen, im rechten Winkel auf dieselben angelegt, kamen Gemüsebeete, alle sauber gehalten, Dank dem Fleiß und der Sorgfalt eines zu Allem geschickten Dieners, den mein Vater während der Campagne als Burschen gehabt hatte, der ihn während seiner Verwundung pflegte, den er mitbrachte und der auch im Dienste meiner Eltern bis zu seinem Tode blieb. Daß der alte Wunderlich (so hieß er wirklich) mein besonderer Freund war, nur nebenbei.

Das Gärtchen, das meine Mutter später durch Anpflanzungen blühender Gebüsche abgrenzte, war der Schauplatz meiner ersten Kinderspiele, und die Kinderphantasie schuf sich aus ihm eine kleine Welt. Jeder Platz, jeder Stein hatte seinen besonderen Namen, jeder Strauch barg ein eigenes Geheimniß. Je mehr die Einbildungskraft zu ergänzen, die kindliche Erfindung umzuwandeln hatte, desto kühner konnten sie walten. Je enger, je einfacher die Wirklichkeit, desto weiter das Feld der Gedanken. Vom ersten Bewußtsein an zeigt sich im Kinde der Trieb zum Schaffen und Umwandeln, und führte das auch nur zum Vernichten und Zerstören; ebenso zum Besitzen und sein Eigen Meinen, und beträfe es auch oft nichts als einen eingebildeten Gegenstand. Zum Spielen bedarf das Vergnügen des Kindes so wenig, und am liebsten ahmt es halb zum Schein das Schaffen und die Arbeiten der Großen nach. So wurde auch eine verlorene Ecke im Gärtchen zum eigenen Garten geschaffen, mit Graben, Pflanzen und Gießen, und wie stolz waren wir, wenn eine selbstgezogene Blume zum Blühen gelangte.

Als mein Großvater starb, ich war damals 5 ½ Jahre alt, und mein Vater mit seinem Bruder den Grundbesitz theilte, wurde nach langem Ueberlegen beschlossen, daß wir in Retzin unseren Wohnsitz behalten sollten. Meinem Vater war der Ort lieb geworden, auf den er nun schon seit mehreren Jahren seinen Fleiß gewandt hatte. Eigene Arbeit ist ein Stück von uns selbst, in ihren Erfolgen finden wir uns wieder und trennen uns schwer davon. Es war eine alte Bauernsitte, daß ein junges Ehepaar, wenn es einzog auf den Hof, gemeinsam einen Baum pflanzen mußte auf dem Gehöft, und daß die Frau, wenn sie als solche über die Schwelle des Hauses trat, zuerst Feuer anmachte auf dem Herd, als Zeichen, daß sie Wurzel schlagen wollten und schaffen im Mittelpunkt des eigenen Besitzes. Auch meine Mutter hatte gepflanzt im eigenen Garten und freute sich an dem Wurzelschlagen und Aufsprießen. Ein einziger Baum steht noch von dieser ersten Pflanzung, eine alte Akazie, die sich in vier Stämme theilt und oft schon drohte, ihr Ziel erreicht zu haben. Noch habe ich sie immer geschützt und zu erhalten gesucht, während alle anderen Bäume der Wandelung der Gartenanlagen zum Opfer fallen mußten. Und diese, eigentlich nicht schöne Akazie bezeichnet mir noch immer den Ort meiner ersten Kinderspiele, und um sie baut sich in der Erinnerung das ganze Gärtchen meiner Eltern wieder auf. Außer mir weiß wohl Niemand mehr von ihm.

Aber das Bleiben in Retzin bedingte den Neubau eines Wohnhauses, oder doch die Erweiterung des alten Häuschens. Mein Vater entschloß sich für Letzteres, denn er hoffte, das billiger herstellen zu können, als ein ganz neues Gebäude, und war überdies immer der Meinung, ein Haus auf dem Lande müsse von innen heraus, nach dem Bedürfniß gebaut werden, weil es dann weder zu groß noch zu klein würde. Auf die äußere Architektur wurde gar nicht Rücksicht genommen, das verlangte auch die damalige Zeit nicht, die sich dem Einfachsten und Unscheinbarsten zuneigte, und die so weit darin ging, daß sie das Zweckmäßige noch über das Bequeme stellte. Das wäre nun Alles ganz zeitgemäß gewesen, wäre überhaupt von dem Hause viel Verwendliches übrig geblieben; aber die Rücksicht, von ihm so viel als möglich zu bewahren, hemmte nur das Neue und bedingte manche Unzulänglichkeit und einige sehr unbequeme Jahre für meine Eltern, die in einem Hause wohnen mußten, das zu zwei Drittel neugebaut wurde, das lange nach einer Seite für Wind und Wetter offen war und in welchem sie dann von einem Raum in den anderen zogen. Wie sie das möglich machten und ertrugen, ist mir nicht erinnerlich mehr, denn für uns Kinder war der Bau eine immer neue Quelle des Staunens und Vergnügens. Nicht allein, daß wir mit Bauführern und Handwerkern Freundschaft schlossen, um entweder ein altes Spielzeug auszubessern und wieder herrichten zu lassen, oder neue zu lernen, auch der Wechsel, das Tauschen des einen Raumes mit dem anderen machte uns Freude, und mir besonders erweckte jede Arbeit der Bauleute neues Interesse. Die Geschicklichkeit, die durch Erfahrung gewonnenen Handgriffe, die Erfindungsgabe der Handwerker habe ich immer gern beobachtet und mich an dem Entstehenden gefreut. Endlich war das Haus fertig, nun innen groß und geräumig, wenn auch äußerlich unschön und ohne allen Schmuck. Es streckte sich lang hin, steckte in der Erde und trug ein verhältnismäßig zu hohes Dach. Daß es aber im Laufe der Jahre mancherlei bequeme Verbesserungen erfuhr, mehr und mehr in den Park hineingezogen wurde, namentlich durch einen Vorgarten, zu dem ich den Raum dem Wirthschaftshofe abgewann, und daß es auf der Gartenseite, weit aufs Dach hinauf, mit wildem Wein berankt war, verdeckte den Bau aus Backsteinen und gab dem Ganzen ein freundliches Ansehen (Abb. 13). Dazu kam eine sehr bequeme Disposition der freilich niedrigen Zimmer, denn die Höhe hatte das alte Haus, das anstatt des

Abb. 13: Das alte Retzin 1873

früheren Fachwerks massive Wände erhalten, bedingt. In diesem Hause verlebte ich die letzten Jahre der Kindheit, die beglückenden Wochen der Schulferien, das Hinausziehen auf die Universität, und hier entstanden meine ersten literarischen Arbeiten.

Zwei Eigenschaften bewährte das Haus – es war wohnlich und gastfrei in ausgedehnter Weise, für die Verwandten und Freunde der Eltern und für die Jugendgenossen der Kinder. Es hat glückliche Tage gesehen, fröhliche und poesievolle, und manche freundliche Erinnerung folgte den geschiedenen Gästen, manche dankbare nahmen sie mit.

Mit der Ausdehnung des Hauses erweiterte sich auch der Garten und gestaltete sich durch glückliche und geschickte Benutzung alter und herangewachsener Bäume, durch Hineinziehen eines neu gepflanzten Gehölzes und zweier Teiche zu einem kleinen

Park aus, der größer scheint als er ist, weil er überall hin in freies Feld geht[56]. Ein Dörfchen mit seinen rothen Dächern, von Baumwipfeln überragt, das sich von einem mit dunklen Fichten bewachsenen Höhenzuge abhebt, schließt die Aussicht, wenn der Blick über die kornwogenden Felder und grünen, von Baumgruppen unterbrochenen Wiesenflächen hinstreift. Es ist ein Fleckchen märkischer Erde, das den Fremden nie durch besondere Naturschönheiten überraschen, das ihn aber schnell anheimeln, das er bald lieb gewinnen wird. Wie muß es nun erst dem ans Herz gewachsen sein, dem auf ihm das erste Bewußtsein des Lebens aufging, der hier aufwuchs, dachte und träumte und dem jeder Baum, jeder Durchblick, jede Wendung des Weges eine Fülle von Erinnerungen weckt? Kindheitsfreude, Jubel und Uebermuth der Jugend, höchstes Glück und bitterster Schmerz des Lebens klingen wieder an in der Empfindung. No place like home. Aber nicht allein die Bäume im Garten, auch das Haus selbst mußte mehr und mehr den gesteigerten Ansprüchen des Lebens und des Comforts, den Anforderungen der Gastlichkeit Rechnung tragen.

---

[56] Ausnahmsweise ist hier einmal ein Parkplan erhalten: Von Eduard Neide, 1856, einem Schüler Peter Joseph Lennés, der zuvor schon für die Anlage eines Landschaftsparkes im benachbarten Hoppenrade, das der Familie Freier (seit 1840 von Freier) gehörte, einen Plan angefertigt hatte. Der Retziner Park umfaßt ca. 20 Morgen und ist weitgehend erhalten. Zwei Teiche, südwestlich vom Gutshaus, sammeln das hier reichhaltige Quellwasser, das dann über einen Graben zum Mühlbach geleitet wird. Seitlich vom Gutshaus befand sich damals ein Treibhaus mit einem kleinen Blumengarten. Dahinter lag der Gemüsegarten. Unter der größten Eiche im Park zwischen den beiden Teichen fanden, da Retzin keine eigene Kirche hatte, seit 1910 Trauungen und Gottesdiesnte statt. Anläßlich der Vermählung von Gustavs Enkelin Adrienne (1891–1965) mit Bernhard v. Bülow (1885–1937) am 31. Mai 1910 in Retzin wurde dieser stille Platz im Park hergerichtet und durch Pastor Groch zur Kirche geweiht.

Meine Mutter hatte Freude an dem Ausschmücken ihres kleinen Reiches, mit dem sie allmälig und fast unmerklich vorschritt, sowohl im Hause, als im Garten, und später hatte ich nur fortzuführen, was sie in dieser Beziehung begonnen hatte, und auf Grund ihrer Anlagen weiterzugehen. Eins entwikkelte sich aus dem Anderen, und wie aus der schwanken Gerte, die langsam mit ihren Wurzeln weiteren Boden gewann, der Stamm sich hob und die Laubkrone sich wölbte um kräftige Aeste, so wuchs und breitete sich das kleine Gärtchen meiner glücklichen Kindertage zu grünen Wiesenflächen mit schattigen Baumgruppen aus innen heraus, wie mein Vater es gewollt hatte, und obgleich er das Werdende kaum beachtet hatte, freute er sich doch an dem Gewordenen, und wenn er als fast 90jähriger Greis mit mir den Garten durchschritt, rollte sich das Bild seines ganzen Lebens vor ihm auf, an jedem Baum, an jeder Fernsicht schloß sich ihm ein Blatt aus dem Buche der Erinnerung auf. Ich wußte vorher, was er hier ins Gedächtniß zurückrufen, dort mir wie schon so viele Male erzählen würde; und jetzt, wie oft schreite ich denselben Weg und meine, ich hätte ihn noch zur Seite und höre noch den Laut seiner Stimme und wisse genau vorher, was er mir über dies oder jenes sagen müsse, auch über das, was über seine Tage auf Erden hinausreicht. Wenn das Fortleben nach dem irdischen Tode uns auch ein unergründliches Räthsel bleiben soll, das Fortleben in der Liebe der Zurückbleibenden ist mehr als Erinnerung, ist lebendig, und das Beste, was wir wirklich besaßen, kann uns nie ganz genommen werden.

Abb. 14: Gustav zu Putlitz, als junger Schriftsteller, Stahlstich von H. Sagert

Aber ich muß wieder zurückgreifen, um die Fäden meiner Erinnerungen nicht allzu unchronologisch durcheinander schießen zu lassen. Der Frühling des Jahres 1848 war gekommen und seine politischen Stürme brausten durch Europa. Ich selbst erlebte dieselben in Italien, fast ohne Nachricht von dem, was in der Heimath geschah. Lange zurückgehaltene Hoffnungen entfesselten sich und suchten auf noch ungeebneten Bahnen die Ziele der Erfüllung. Auf der anderen Seite gingen die aufgeregten Wogen der Befürchtungen weit über die Schranken der Dämme, die althergebrachtes Recht durch Jahrhunderte gezogen hatte. Alles schien zu schwanken und Parteiungen zerrissen die Verbindungen der Gesellschaft, die, auf dem Lande wenigstens, sich friedlich geknüpft hatten. Meinen Vater, der Alles das schon längst vorher gesehen und gesagt hatte, fand ich verstimmt über die Meinungskämpfe, denen sich Keiner entziehen konnte, als ich im Juli von der Reise heimkehrte. Im Herbst starb sein Bruder, der zugleich sein nächster Nachbar war. Er selbst sehnte sich nach Ruhe. Seine Arbeit war gethan; er hatte den angestammten Grundbesitz zu neuem Werth herausgeschaffen, und der Wunsch, sein Alter in anregendem Verkehr, in wissenschaftlich ausgefüllter Muße zu genießen, reifte den Entschluß, sich mit meiner Mutter und meinen Schwestern, wenigstens für die größte Zeit des Jahres, in Berlin zu etabliren. Dafür erbot ich mich, die Bewirthschaftung der Güter in seiner Gewohnheit und nach seinen Anordnungen weiter zu führen, und der Sommer sollte wieder in alter Weise die Familie in dem Allen so lieben Retziner Hause vereinigen. Der freundliche Plan wurde durch mehrere Jahre ausgeführt und gab mir Muße zu literarischen Arbeiten und Reisen. Ich lernte London oberflächlich und, bei zweimaligem Aufenthalt, Paris genau kennen, jeden Winter aber brachte ich ein paar Monate in Berlin zu, jedes Frühlingwerden lockte uns, und mit uns einen großen Kreis von Freunden, nach Retzin, und besondere Freude war es mir, halb als Hausherr, den Meinigen die unveränderten Räume zu bereiten und unsere gemeinsamen Gäste zu empfangen, die dem Hause seinen eigentlichen Charakter, den einfachster Gastlichkeit, gaben. Ich will diese auch an meinen Lesern üben und sie einladen, in der Rückerinnerung zu einem Fest, das ich aus dem Gedächtniß zurückrufe und das eine Wandelung meines Hauses abschließt, zugleich mit einem Abschnitt meines Lebens.

Abb. 15: Friedrich v. Flotow

Ich hatte in Berlin den damals gerade durch seine ersten Erfolge als Operncomponist berühmt gewordenen Friedrich von Flotow (Abb. 15) kennen gelernt, der sich, getragen von der Anerkennung, die seine Opern „Stradella" und „Martha" fanden, einen neuen Librettisten suchte.[57] Mit Riese (pseudonym Friedrich) war er auseinander gekommen, mit Charlotte Birch-Pfeiffer konnte er nicht recht einig werden, kurz es reizte ihn, es mit mir zu versuchen, und auch mich lockte ein Zusammenarbeiten mit dem schnellschaffenden, heiteren, dazu theaterkundigen Componisten. Wir waren schnell mit einer Reihe von Vorwürfen zu einem Operntext beschäftigt, und entschieden uns ebenso schnell für eine Episode aus dem Leben des Camoens, die als einactige Oper von Flotow bereits in Paris, wo er seine Studien gemacht hatte, aber noch schülerhaft und erfolglos componirt war. Ich legte meinen Plan für eine dreiactige

[57] Friedrich von Flotow (1812–1883) war von 1855–1862 Gustavs Vorgänger als Hoftheaterintendant in Schwerin. Seine musikalische Ausbildung erhielt er in Paris, wo ihm das Schwungvolle der französischen Spieloper zuströmte, er mit dem jungen Jacques Offenbach zusammen komponierte und auftrat und er auch seine ersten Opernerfolge hatte. Sein bedeutendster Erfolg war die 1847 in Wien uraufgeführte Oper „Martha", die einen geradezu sensationellen Siegeszug durch ganz Europa nahm. An seinem 70. Geburtstag wurde in Wien die 500. Vorstellung gegeben.

Abb. 16: Wilhelm Camphausen

Oper vor, anlehnend an das französische Buch, der sofort vom Componisten genehmigt wurde und der ihn gleich zur Arbeit anregte. In Berlin aber ging uns diese zu langsam von Statten; mancherlei gesellschaftliche und andere Zerstreuungen hemmten uns; wir konnten uns nicht gleich im Produciren besprechen und das Umschreiben nahm dadurch zu viel Zeit fort. So entschlossen wir uns, noch in den ersten Frühlingsanfängen nach Retzin zu gehen und, vor Abhaltungen sicher, ganz der Collaboration unsere Zeit zu widmen. Es war immerhin ein Entschluß, namentlich für Flotow, denn mein Hausstand war, so lange meine Eltern in Berlin waren, in keiner Weise für den Empfang von Gästen eingerichtet; er bestand nur aus einem Diener, der zugleich Kutscher war, und einer Wirthschafterin, die in sehr primitiver Weise die Küche besorgte. Aber die fast überstürzte Arbeit ließ in unserer Zurückgezogenheit keine Einförmigkeit empfinden; der Humor ging nicht aus, und der Mangel wurde zum Vergnügen. Wenn wir den Tag über gereimt und in Musik gesetzt, zwischen durch dabei auch wohl uns tüchtig gestritten hatten, weil wir meinten, uns gegenseitig Unmögliches zuzumuthen, machten wir zur Erholung Spaziergänge in den noch unbelaubten Wald und trugen uns Holz und Tannenzapfen zusammen, mit denen wir das Kaminfeuer in unserem Zimmer unterhielten. Dabei wurde vom Theater geplaudert, wurden Erfolge geträumt und Pläne neuer, gemeinsamer Arbeiten geschmiedet. Bunt und genial genug sah es aus. Ueberall lagen Noten und fliegende Blätter mit Textfragmenten umher, unsere Toiletten waren so ungenirt als möglich, unsere Tageseintheilung ohne alle Regel noch Pünktlichkeit. Aber die Arbeit förderte sich so schnell, daß wir meinten, noch Ueberschuß an Zeit zu haben, und daß aus dieser heiteren künstlerischen Unordnung ein Project entstand, wie es nur Werdende planen konnten. Wir wollten neben der großen Oper „Indra“, die bereits für die nächste Saison an mehreren Bühnen angenommen war, noch eine kleine, zweiactige fertig machen und diese im Laufe des Sommers mit Dilettanten in Retzin aufführen. Es fehlte dazu auch wirklich nicht viel mehr als Alles, aber in unserem Schaffensdrang ließen wir kein Hinderniß aufkommen. Kurz – alle unsere musikalischen Freunde wurden aufgeboten, theils zur eigenen Mithilfe, theils zum Werben für unseren Plan; meine Mutter, immer bereit, das zu unterstützen, was ihren Kindern Freude machte, nichts schwer nehmend und stets gewillt mit praktischem Rath und unermüdlicher Thätigkeit die Geselligkeit zu fördern, übernahm alle Sorgen des Hausstandes; meine Schwestern luden ihre Freundinnen ein zur Mitwirkung; Wilhelm Camphausen (Abb. 16)[58], mit dem ich seit Jahren befreundet war, sagte sein Kommen aus Düsseldorf zu und versprach uns die Decorationen zu malen, seine schöne und talentvolle Frau[59] eine der Damenrollen in der Oper zu singen; Flotow stellte sich ein kleines Orchester aus den Stadtmusikern zweier benachbarter Orte zusammen; ich übernahm die Regie und Beschaffung der Costüme. Wir überboten einander im Eifer für die Sache. Bald war ein Holzschuppen, der mit einem Giebel im Garten stand, zum Opernhaus hergerichtet und decorirt; überall wurde gehämmert, gestrichen, gemalt. Dann begannen die Proben am Clavier,

---

58 Wilhelm Camphausen (1818–1885) war Schüler der Düsseldorfer Kunstakademie und wurde besonders durch seine Historienbilder, vor allem zum Leben Friedrichs des Großen, berühmt.

59 Geb. Niemeyer, eine Schwester von Gustavs mütterlicher Freundin Marianne Niemeyer (Abb. 25), in erster Ehe mit dem Dichter Karl Immermann vermählt, in zweiter Ehe vermählt mit Guido Wolff in Hamburg.

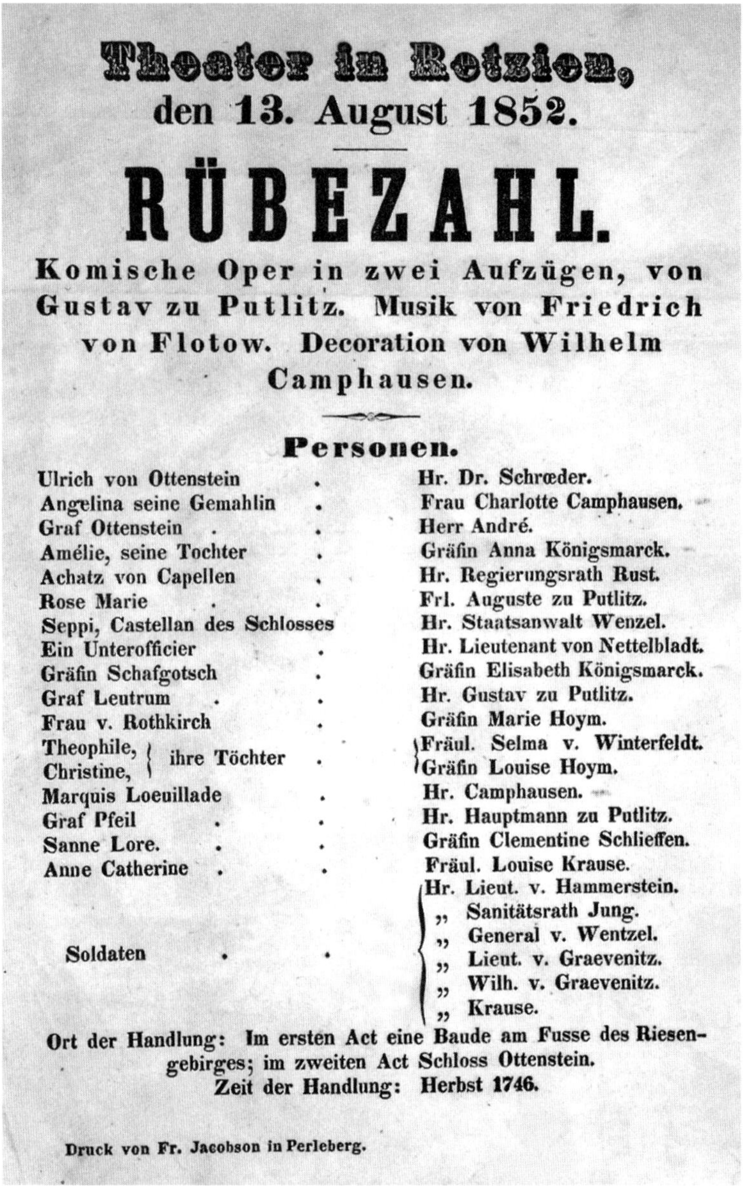

Theater in Retzien,

den 13. August 1852.

RÜBEZAHL.

Komische Oper in zwei Aufzügen, von Gustav zu Putlitz. Musik von Friedrich von Flotow. Decoration von Wilhelm Camphausen.

Personen.

Ulrich von Ottenstein .	Hr. Dr. Schrœder.
Angelina seine Gemahlin .	Frau Charlotte Camphausen.
Graf Ottenstein . .	Herr André.
Amélie, seine Tochter .	Gräfin Anna Königsmarck.
Achatz von Capellen .	Hr. Regierungsrath Rust.
Rose Marie . .	Frl. Auguste zu Putlitz.
Seppi, Castellan des Schlosses	Hr. Staatsanwalt Wenzel.
Ein Unterofficier .	Hr. Lieutenant von Nettelbladt.
Gräfin Schafgotsch .	Gräfin Elisabeth Königsmarck.
Graf Leutrum . .	Hr. Gustav zu Putlitz.
Frau v. Rothkirch .	Gräfin Marie Hoym.
Theophile, } ihre Töchter .	Fräul. Selma v. Winterfeldt.
Christine, } ihre Töchter .	Gräfin Louise Hoym.
Marquis Loeuillade .	Hr. Camphausen.
Graf Pfeil . .	Hr. Hauptmann zu Putlitz.
Sanne Lore. . .	Gräfin Clementine Schlieffen.
Anne Catherine . .	Fräul. Louise Krause.
Soldaten . .	Hr. Lieut. v. Hammerstein. „ Sanitätsrath Jung. „ General v. Wentzel. „ Lieut. v. Graevenitz. „ Wilh. v. Graevenitz. „ Krause.

Ort der Handlung: Im ersten Act eine Baude am Fusse des Riesengebirges; im zweiten Act Schloss Ottenstein.
Zeit der Handlung: Herbst 1746.

Druck von Fr. Jacobson in Perleberg.

Abb. 17: Theaterzettel „Rübezahl“

endlich auf der Bühne. Das kleine Haus füllte sich immer mehr, aber „kaum faßte es die Zahl der Gäste“, die nur bei allerbescheidensten Ansprüchen untergebracht werden konnten und deren Bekanntschaft ich zum Theil erst machte. Ein Eßzimmer und der Gartensaal als Clavierzimmer waren, nebst Garten und Bühne, die einzigen gemeinsamen Räume, alle anderen waren zu Fremdenzimmern umgewandelt. Wochenlang dauerten die Vorbereitungen, bis endlich der Tag des Festes herankam, für den der Geburtstag meines Vaters, der 13. August, bestimmt war. Dieser hatte sich dem ganzen Trubel entzogen und war, freilich mit dem festen Versprechen, zum Fest zurück zu sein, in die Schweiz gereist. Zu solchem künstlerisch gewagten Feste hatte sich freilich mein bescheidenes Landhaus in der Priegnitz noch nie geboten, und kaum kannte man es wieder als Schauplatz einer Wilhelm-Meisteriade, die sich schnell herausbildete und im Zusammenwirken zu dem einen Zweck alle Theilnehmer das eigene Interesse vergessen ließ, mochten sie nun hinter den Coulissen schaffen oder vor denselben in Solopartieen sich auszeichnen oder anspruchslos im Chor mitwirken. Dadurch arbeitete sich aber auch ein Ensemble heraus, das weit über dem Dilettantischen stand und unter dem unermüdlichen Einstudiren des Componisten auf dem kleinen Raum Schattirungen und Feinheiten zur Geltung brachte, von denen unsere großen Opernhäuser nichts wissen (Abb. 17).

„Rübezahl“ hieß unsere kleine Oper, nach dem Kobold des Riesengebirges, dessen Bild, auf der Schneekoppe thronend, Wilhelm Camphausen kunstvoll auf den Vorhang des Retziner improvisirten Theaters gemalt hatte. Einer der freundlichsten Förderer unserer Aufführung und fast mein Nachbar, wenn die Entfernung unserer Wohnsitze von vier Meilen die Bezeichnung noch gestattet: Graf Königsmarck, kam mit seiner Familie direct von einer Reise ins schlesische Gebirge zur Aufführung, bei der mitzuwirken zwei seiner Töchter sich freundlichst erboten hatten. Er hatte im Reiche Rübezahls scherzend diesen zum Protector unserer Oper aufgerufen, ihm das Gelingen derselben, das Wohl der Mitwirkenden empfohlen. Der Berggeist hielt, was man von ihm forderte, und leerte das Füllhorn seiner Gunst über mein Haus während der Tage des Festes und lange darüber hinaus. Der Componist hatte den Wunsch geäußert, als noch unser gemeinsames Werk im Stadium des erstens Besprechens stand, ein Lied mit der Harfe begleiten zu lassen, aber dieser Effect war längst aufgegeben, da Niemand, weder unter unseren Nachbarmusikern, noch unter den Dilettanten unseres Kreises dieses Instrumentes kundig war. Graf Königsmarck, der das hörte, schlug sofort seine älteste Tochter dafür vor, da dieselbe als Kind Harfe gespielt, seitdem freilich dies nur noch in den Orchestern gesuchte Instrument nicht mehr geübt hatte. Wir hatten kaum noch der Sache gedacht und waren fast überrascht, als die Damen zu den Opernproben kamen, daß mit dem Gepäck ein Harfenkasten abgeladen wurde. Unser Dank für diese Hilfe wurde freilich lachend mit der Bemerkung beantwortet, daß es allerdings eine Aufopferung für die Oper sei, denn die Saiten hätten die ungewohnten Finger nach der Jahre lang unterbrochenen Uebung wund gemacht, jeder Accord verursache Schmerzen.

„Wenn das ist," sagte ich, „wollen wir Flotow doch unter allen Umständen die Begleitung auf dem Flügel lassen, Niemand wird den Harfeneffect vermissen." „Ich habe es nun einmal, wenn auch vielleicht unbedacht, versprochen," war die Antwort, „und da ich es versprach, werde ich es auch halten."

Das imponirte mir gewaltig, und, um doch auch etwas dabei zu thun, ließ ich es mir nicht nehmen, die Harfe stets in die Probe und wieder hinauf in das Zimmer der Damen selbst zu tragen. Jedenfalls möchte ich aber behaupten, daß bei der Aufführung die Harfenaccorde hinter der Scene mir von allen Zuhörern den größten Eindruck machten.

Rübezahls Gunst hatte bis dahin Alles weit über Erwarten gefördert, und Nichts war störend zwischen unsere Festvorstellungen getreten, ja selbst die Generalprobe war glänzend vorüber gegangen, als noch am letzten Tage eine Aufregung in die Gesellschaft kam, auf die Niemand vorbereitet war. Mein Vater, zu dessen Geburtstagsfeier seit Monaten das Fest bestimmt war, hatte zwar seine Rückkehr fest versprochen, aber in den letzten Tagen blieben die Nachrichten von ihm aus, seine Reiseroute war nicht bekannt, und damals verfügte man noch über keinen Telegraphendraht. Wir warteten erst auf den ankündigenden Brief von Tag zu Tag, dann auf die Ankunft von Stunde zu Stunde. Der Geburtstagsmorgen verstrich, schon kamen die geladenen Zuschauer aus der Nachbarschaft – der, zu dessen Feier sie sich versammelten, fehlte noch immer. Wir berechneten jeden Zug, mit dem er auf der drei Meilen entfernten Eisenbahnstation hätte eintreffen können, Verlegenheit, Spannung, zuletzt Sorge ergriff uns und theilte sich allmählich allen Versammelten mit. Die Stimmung wurde immer peinlicher. Da, im allerletzten Augenblick kam der Erwartete, ganz vergnügt mit Freunden, die aus Hamburg zur Aufführung gekommen waren. Er hatte auf der Eisenbahnstation übernachtet, wollte uns, trotz der Erwartung, überraschen und war froh, allen Vorbereitungen seiner Geburtstagsfeier vollkommen entgangen zu sein. Wenigstens hatte er erreicht, daß ihn Jubel empfing, lauter, als wenn er sich angemeldet hätte. Sein Erscheinen löste mit einem Schlage den Bann, der durch den ganzen Tag immer drükkender geworden war, und die nun freudig erhöhte Stimmung kam der ganzen Feier zum Vortheil. Rübezahl, der Schutzgeist des Festes, hatte gezeigt, daß er auch necken könne, aber schnell wieder seinen scheinbaren Schabernack zum Guten gewendet. Unsere Aufführung ging vollkommen correct, ohne Spur dilettantischer Unfertigkeit, von Statten; als die Gesellschaft in erhobenster Stimmung nach dem Schluß durch den Garten schritt, flammten in allen Bosquets bengalische Flammen auf; das erleuchtete Haus empfing gastlich die von allen Seiten zusammen gekommenen Gäste, und das Fest setzte sich fort bis spät in die Nacht.

Es war das letzte Fest, das ich im Elternhause als solches feierte. Schon wenige Monate später fing ich an, es als mein eigenes herzurichten, und meine Eltern siedelten auf ein anderes benachbartes Gut zum Sommeraufenthalt über. Die Harfenaccorde der Rübezahloper klangen noch durch ein langes Leben.

Für den neuen Hausstand wurden die Zimmer anders disponirt, durch Umlegung der Treppe neue geschaffen, der große Hausboden für Fremdenzimmer zu Mansarden ausgebaut, das Ganze dem Geschmack der Zeit, die wieder Freude an dem Schmucke der Räume hatte, angepaßt.[60] Im Aeußeren blieb das grüne, bis über das Dach umrankte Haus fast unverändert. Erst nach einigen Jahren baute ich einen kleinen Flügel an, in dem unsere sechs Kinder aufwuchsen (Abb. 13)[61]. So wandelte sich das Haus wieder zum Elternhause. Welch glückliche Kindheit wurde hier verlebt, welche freudenreiche Jugendzeit, wenn die Söhne in den Schulferien mit ihren Freunden Lebenslust, Knabenübermuth, überbrausende Kraft austobten in der Freiheit, die Haus und Garten so uneingeschränkt gewährte. Dabei empfing die Jugend doch poetisch geschmückte Stunden und nahm aus der Zeit der Knabenspiele und später der Jünglingsbegeisterung manch unvergeßlichen Eindruck hinaus ins Leben. Unser Haus war fast nie ohne Gäste und, selbst für die Winterzeit, so lange wir auch diese auf dem Lande verlebten, verschmähten es unsere Freunde nicht, unsere Zurückgezogenheit auf einige Wochen zu theilen. Im Sommer natürlich war das regste Treiben, und wenn sich die Jugend

---

60 Dieser innere Umbau des Gutshauses erfolgte im Jahre 1853.

61 Der Seitenflügel mit einem das ganze Haus nach Hof- und Gartenseite überragenden Giebel wurde 1857 angebaut. Diesen Zustand des Gutshauses zeigt eine alte Fotografie, die Gustav zu Putlitz im Sommer 1873 anfertigen ließ, bevor er im Herbst die Intendantenstelle am Hoftheater in Karlsruhe antrat. Interieuraufnahmen vom Gutshaus Retzin, die 1878 sein Sohn Konrad anläßlich der Silbernen Hochzeit seiner Eltern anfertigen ließ, zeigen das Wohn- und Arbeitszimmer Gustavs zu Putlitz in dem Zustand vor dem Umbau des Hauses (Abb. 18–20).

Abb. 18: Wohnzimmer in Retzin mit Ahnenbildern

im Feld und Garten ausgetobt hatte, oder die Regentage im Hause mit Aufführungen dramatisirter Märchen ausfüllte, für die sich allmählich eine vollständige Garderobe angesammelt hatte, die in einer geheimnißvollen Truhe bewahrt wurde, versammelte sich der Kreis des Hauses im luftigen Gartensaal, dessen geöffnete Thüren die Abendkühle einströmen ließen, um die leuchtende

Abb. 19: Wohnzimmer mit den Bildnissen Katte/Bredow

Lampe. Der Goethesche Grundsatz, daß man keinen Tag schließen dürfe, ohne ein schönes Gedicht gelesen, ein gutes Lied gehört, an einem edlen Kunstwerk sich erfreut zu haben, wurde nach Kräften erfüllt. Durch eine Reihe von Jahren kam Emanuel Geibel (Abb. 21) jeden Sommer auf mehrere Wochen, und dann holte er nach dem Abendessen seine wohlbekannte Mappe, vor ihn wurde

Abb. 20: Schreibtisch Gustav zu Putlitz

die Rheinweinflasche gestellt mit dem Glas, aus dem er von Zeit zu Zeit seine Lippen feuchtete, und er las, mit dem sonoren Klang seines Organs, fast musikalisch-rhythmisch, die Gedichte, die im Laufe des Jahres, oft des Tages, aus dem unerschöpflichen Quell seiner Dichtungskraft geströmt waren. Es lag ein unbeschreiblicher Zauber um diese Recitationen, die ganz den Charakter der Improvisation trugen, zuweilen auch in diese übergingen. Die Empfindung, die Weise des Vortrags waren unzertrennlich von der Person des Dichters, der in ihnen zum edelsten Priester der Poesie wurde, als welcher er sich auch an der Jugend bewährte, die im Banne seines Zaubers andächtig seinem beschwingten Worte lauschte und gewiß diese Stunden poetischer Offenbarung nie vergessen hat.

Abb. 21: Emanuel Geibel

Dann sammelten wir uns auch wohl um den Flügel, der die Lieder unserer musikalischen Freunde begleitete, oder mir fiel es zu, als ständigem Familienvorleser, ein klassisches Drama, oder ein altes Gedicht vorzuführen. Später, als ich den Winter als Theaterintendant in Schwerin, dann zur Erziehung meiner Kinder in Berlin zubrachte, und als ich schließlich die Leitung des Hoftheaters in Karlsruhe übernahm, wurde die Zeit des Sommeraufenthaltes in dem lieben Retziner Hause immer kürzer bemessen. Vor einigen Jahren stellte sich sogar die Nothwendigkeit einer gründlichen Reparatur heraus, die, als man an das Werk ging, zu einem völligen Umbau führte[62]. Die Räume des Erdgeschosses sind in ihrer Disposition

[62] Unter der Leitung von Gustav's Sohn Konrad wurde der eingreifende Umbau im Stil der italienischen Neorenaissance 1881 bis 1884 nach Plänen des Berliner Baumeisters Wilhelm Martens realisiert. Der Perleberger Fotograf Max Zeisig hat die wichtigsten Räume im Erdgeschoß des Hauses später mit ihrer reichen Ausstattung noch einmal fotografiert.

Abb. 22: Retzin nach dem Umbau

freilich dieselben geblieben, aber die Zimmer sind erhöht; an die Stelle der früheren Mansarden ist ein zweiter Stock mit Fremdenzimmern getreten, und für das unschöne Ziegeldach schließt ein stilvoll architektonisch verziertes Schieferdach den stattlichen Bau (Abb. 22). Die Baumgruppen im Park sind herangewachsen, Durchblicke auf die freundliche Landschaft gelichtet. Wieder ist der Zeit und ihrem Geschmack Rechnung getragen. Alles ist anders, schöner, zum Theil zweckmäßiger geworden. Auch die inneren Räume haben sich geschmückt, aber mit dem, was eine lange Lebenszeit uns zuführte als Erbschaft der vorangegangenen Verwandten, oder was wir selbst zusammenbrachten, zur Ergänzung, durch eine Reihe von Jahren. Alles sind Andenken, jedes Stück weckt Erinnerungen. Das innere Auge blickt zurück auf eine lange, schöne Zeit, aber auch auf kummervolle Tage, denn es läßt ein Menschenleben an sich vorbeiziehen. Verrauschte Stimmungen, gebrochene Hoffnungen, welches Leben hätte die nicht? Aber auch freundliche, beglückte Stunden leben wieder auf in dem Gedächtniß:

„Lang‘, lang‘ ist's her!“

Die Pforte des Alumnats

Knaben-Erinnerung.

I Im Elternhause auf dem Lande aufgewachsen, unterrichtet von einem Hauslehrer, war ich eben zwölf Jahre alt geworden, als dieser eine Berufung nach Magdeburg an die höhere Töchterschule erhielt, wo der Tod plötzlich eine Lehrerstelle frei gemacht hatte. An die sehr erwünschte Berufung knüpfte sich freilich die Bedingung eines sofortigen Eintritts und dadurch die Frage, ob auch ich, vom Elternhause fort, in ein Alumnat gebracht werden solle, oder ob für kurze Zeit ein neuer Hauslehrer gefunden werden könne. Alle solche Entscheidungen waren damals auf dem Lande schwierig zu treffen, denn Briefe gingen sehr langsam, wöchentlich nur zweimal mit den Fahrposten.

Mit welch‘ banger Erwartung sah ich dem zu treffenden Entschluß entgegen! Ich war so recht ein Hauskind im vollen Sinne des Wortes, fast ohne Verkehr mit gleichaltrigen Knaben, in stetem Zusammenleben mit meinen Eltern, aufgewachsen, und obenein von meinem Vater, der Alles mit mir besprach, fast wie ein Erwachsener behandelt worden. Es war dadurch in meinem ganzen Wesen ein Anachronismus ausgebildet, der sich auch auf mein Wissen erstreckte; denn mein Hauslehrer, übrigens ein treuer, gemüthlicher Mann, der auch, bis zu seinem Tode, mein und meines Elternhauses Freund blieb, hatte kein Talent zum Lehren, das ihm höchst langweilig war, wodurch er auch mein Lernen zur langweiligsten Pein machte. Ich suchte mich dafür in den Freistunden schadlos zu halten, und da ich eigentlich nur meine ältere Schwester als Kameradin hatte, und wir beide am wilden Spiel, wie es für unsere Jahre gepaßt hätte, keine besondere Freude fanden, lasen wir, was uns nur die Bibliothek unseres Vaters bot, natürlich nach Genehmigung der Eltern. Schiller, Körner, mit Auswahl auch Goethe, wurde mit vielem Andern uns preisgegeben und mit Begeisterung immer wieder gelesen, fast auswendig gelernt. Daß das meine Gedanken angenehmer beschäftigte als die trockene lateinische und griechische Grammatik und die kargen Geschichtsdaten, war leicht begreiflich, um so mehr als ich wenig Anlage für die alten Sprachen und ein sehr schwaches Gedächtniß für Zahlen hatte. Oft, namentlich an den Winterabenden, lasen unsere Eltern mit uns zusammen und besprachen das Gelesene. So griff ich, nach dieser Richtung, in Interesse und Verständniß, meinen Jahren weit vor, während ich in dem Wissen, das meinem Alter zukam, unsicher zurückblieb.

Meine Wünsche waren sehr widerstreitende. Einestheils kam mir die Trennung vom Elternhause fast unüberwindlich vor, anderntheils lockten mich die neuen Eindrücke, die mir bevorstanden. Das Zusammenleben mit Altersgenossen dagegen schreckte mich fast ebenso sehr ab als es mich anzog, und eine angeborene, durch die Erziehung auf dem Lande noch vermehrte Schüchternheit und Blödigkeit vermehrte die beklommene Stimmung.

Nach einigen Wochen des Hin- und Herschreibens wurde der Entschluß gefaßt: ich solle als Alumne auf das Kloster Unserer Lieben Frauen in Magdeburg gebracht werden, wo man mich zu Neujahr, mitten im Semester, anzunehmen bereit war. Dort fände ich auch meinen Hauslehrer wieder, freilich an einem andern Lehrinstitut angestellt, aber immerhin eine Stütze in der Fremde. Die Schule des Klosters U. L. F. hatte einen alten, nicht mehr ganz verdienten Ruf; dagegen war das Alumnat vortrefflich in jeder Beziehung, im Uebergang aus verzopften Gewohnheiten zu einer freieren, zeitgemäßeren äußeren Einrichtung, so daß ich noch einen Blick in die wunderlichen Ueberbleibsel des letzten Jahrhunderts thun konnte, und zugleich immer mehr die Vorzüge der Reform genoß. Aber ich will nicht vorgreifen.

Der 2. Januar 1834 war der Tag meiner Abreise vom Elternhause. Wie viel bittere Thränen flossen nicht beim Abschied, denn ich war der Liebling des Hauses und aller Derer, die ihm zugehörten. Ich selbst war nicht am wenigsten betrübt und fühlte, daß mein Ausscheiden ein Ereigniß war für Alle, eine Lücke ließ, die unausfüllbar erschien. Damals bestand eine feste Zusammengehörigkeit zwischen der Herrschaft und ihren Untergebenen, und das Kind des Herrenhauses war das Kind des ganzen Ortes. Von Allen wurde Abschied genommen, als gälte es ein Nimmerwiedersehen, und Jeder empfand es wie eine Grausamkeit, „das Kind" hinauszuschicken in die weite Ferne, unter die fremden Menschen, denn damals schien Magdeburg fast unerreichbar von meinem Heimathsort. Mein Vater begleitete mich, und noch heute ist es mir unbegreiflich, weshalb er den Abschied dadurch um einen halben Tag verfrühte, daß er sich bei einem Nachbar, der auf halbem Wege zur Poststation wohnte, die selbst nur zwei Meilen entfernt war, zu Tisch anmeldete. Vielleicht wollte er sich selbst und mir einen Zwang auflegen und uns in die Nothwendigkeit versetzen, uns zusammen zu nehmen; denn, wie er es auch verbergen wollte, mein Scheiden wurde ihm sehr schwer. Mir, dem Knaben, war das Herz so voll Heimweh, daß ich meinte, ich würde es nicht ertragen; und noch jetzt, nach einem halben Jahrhundert, kann ich die Stimmung von damals nachempfinden. Unser befreundeter, wohlwollender Wirth mochte es wohl merken und ihn jammerte der Knabe mit den verweinten Augen; die erwachsene Tochter des Hauses aber nahm mich nach Tisch auf ihr Zimmer, und nachdem sie versucht hatte, mich zu zerstreuen, und einsah, daß das meinen Kampf nur noch vermehrte, ließ sie mich ruhig ausweinen und weinte mit mir, als hätten wir ein großes Unglück zu tragen. Bis zu dieser Stunde, durch das ganze Leben, bin ich ihr dankbar dafür gewesen in treuer Freundschaft, und ich will meinen Dank hier noch einmal niederlegen. Vielleicht kommt er ihr in die Hand und sie freut sich, einem Knaben so wohlgethan zu haben, daß er das als alter Mann nicht vergessen hat.

Auf der Station erwarteten wir natürlich noch stundenlang den Schnellpostwagen, und das nicht allein aus übertriebener Pünktlichkeit. Da der Cours von dem, einige dreißig Meilen entfernten, Hamburg ausging, war bei Winter-Weg und -Wetter lange Verspätung an der Tagesordnung. Endlich ließ sich das Posthorn vernehmen, und die Reise fing an. Eingeklemmt zu sechs Personen in dem unbequemen Wagen, den die Pferde mühsam durch die unchaussirten Straßen hinschleppten, war man jeden Augenblick in Gefahr, stecken zu bleiben oder umgeworfen zu werden, und so ging es Tag und Nacht. Und doch – über der Ungeduld und Unbequemlichkeit der Reise wich das Heimweh; so elastisch ist das Kindergemüth, dem noch Alles, was es erfährt, neu ist, und alles Neue abenteuerlich erscheint. Ich meinte, um Jahre älter geworden zu sein.

In Magdeburg empfing uns mein gutmüthiger Lehrer, und ich wurde am nächsten Tage von dem Rector geprüft. Das fiel nicht sonderlich glänzend aus; weil ich aber einen überraschend guten deutschen Aufsatz zu Wege brachte, dessen Thema mir freilich sehr kindlich erschien, außerdem das Französische ohne Anstoß sprach und übersetzte, auch in der Mathematik bei der Hand war, und die Lücken meiner lateinischen und griechischen Kenntnisse durch Befangenheit entschuldigt wurden, kam ich in die Quarta, für die ich in vielen Beziehungen überreif, in andern sehr mangelhaft vorbereitet war.

Am andern Tage wurde ich in dem Alumnate des alten Klosters eingeführt. Alles kam mir wie eine neue Welt vor: der alte Kreuzgang mit dem Kreuzgangsgarten und dem runden, thurmartigen Gebäude darin, das man „die Tonsur" nannte; die Treppe zum Corridor, an dem die Classensäle lagen; der geräumige Spielhof, dessen eine Seite der mächtige Giebel eines aus schweren Granitsteinen aufgerichteten Flügels mit byzantinisch gewölbten Fenstern abschloß; die Wohn- und Schlafzimmer der Alumnen, die immer zu vier oder fünf zusammen wohnten. Und hier sollte ich leben, unter lauter Fremden, die mich schon so spöttisch betrachteten in meiner ängstlichen Unbeholfenheit, und deren schonungslose Neckereien ich auch bald erfahren sollte, in deren Spiele, die mir roh vorkamen, ich mich nicht finden konnte. Ich brauchte lange Zeit, mich zu gewöhnen, und manche schwere Stunde des Heimwehs mußte durchkämpft werden. Dann aber, welche glückliche Schülerzeit, voll Uebermuth im Werden und Entwickeln, voll Freundschaften, voll von Zukunftsplänen und Hoffnungen für das Leben!

Wenigen ist es wohl so schwer geworden, als mir, sich an das Schulleben zu gewöhnen; Wenige haben es dann so beglückt genossen und sich so schwer davon getrennt, als ich; denn, wieder in dem Anachronismus meiner Entwicklung, war ich, als ich die Schule verließ, theils weit über die Schülerzeit hinaus gereift, theils noch übermüthig kindlich spielend wie der jüngste Knabe.

Aber ich kehre zurück zum letzten Lebewohl von der Heimath, das ich zu nehmen hatte, zu dem von meinem Vater. Ich hatte noch ein paar Nachmittagsstunden bei ihm zugebracht – dann begleitete er mich in das Alumnat. Wir traten durch die Pforte, und auf dem dunklen Flur, von dem es in den Klosterhof ging, nahmen wir Abschied. Ich bat ihn, nicht weiter zu gehen, denn ich scheute mich, vor Fremden zu scheiden. Mein Vater war mir immer ein liebevoller, nie ein zärtlicher Vater gewesen; er vermied den äußeren Ausdruck des Gemüthes, die Zeichen der Empfindung. Wie einen jüngeren Freund hatte er mich behandelt; aber ich entsann mich nicht, daß er mir je einen Kuß gegeben, noch daß ich bei irgend einem Ereigniß eine Thräne der Rührung oder Trauer in seinem Auge bemerkt hätte. Als wir nun dastanden auf dem dunklen Vorflur, von dem ich in einen neuen Lebensabschnitt eintreten sollte, den ich mit bangem Herzen begann, beugte sich mein Vater zu mir nieder, küßte mich, und ich fühlte eine Thräne auf meine Wange fallen. Dann faßte er sich schnell, und gleich darauf fiel die schwere Thür der Pforte dröhnend hinter ihm zu. Ich stand wie gebannt und traute mich nicht von der Stelle, und doch hatte neben allem Ergreifenden, das mir die Thränen löste, der Augenblick auch so Beglückendes und so Erhebendes, daß ich vielleicht nie wieder in meinem Leben mich so sicher in guten Vorsätzen fühlte, als in diesen. Das Wollen erhebt wie die That; gute Entschlüsse beglücken, als habe man das Gute schon gethan.

Aber unter die frohen und noch so fremden Genossen, mit denen ich den neuen Lebensabschnitt beginnen sollte, wagte ich mich doch noch nicht zu treten und stand lange, lange ohne mich zu rühren. Da öffnete sich die Thür der Pförtnerwohnung, und eine freundliche ältliche Frauengestalt, in der Hand den eisernen Leuchter mit dem brennenden Talglicht, trat heraus. Sie sah mich erst erstaunt an, und ich mochte ihr wohl einen kläglichen Eindruck machen, denn sie sagte mitleidigen Tones: „Ach, Sie sind wohl der Neue, Nr. 48?"

Es mußte doch gleich etwas Vertrauenerweckendes in dem wohlwollenden Gruß liegen; denn ich erwiderte, mein Vater hätte mich herbegleitet und eben Abschied genommen. „Aber hier ist es kalt," sagte die Tochter des Pförtners; denn als solche gab sie sich zu erkennen, „und es zieht hier auf dem Flur. Kommen Sie erst zu uns herein und wärmen Sie sich, ich bringe sie dann auf Ihr Zimmer." Mir war wirklich zu Muth, als käme ich zu Freunden, und Pforten-Rieke, wie das alte Mädchen genannt wurde, gegen das die andern Schüler gewiß ungerechtfertigter Weise etwas mißtrauisch waren, weil sie meinten, sie rapportire dem Prorector, dem eigentlichen Vorstand des Alumnates, allerlei kleine Ueberschreitungen der Schüler, war gewiß unschuldig an diesem Vorwurf, den das schlechte Gewissen der übermüthigen jungen Leute ersonnen hatte. Ich habe vom ersten Augenblick nur Gutes von Pforten-Rieke erfahren. „Das ist der Neue!" sagte sie, als sie mich in das Pforten-Zimmer einführte; „ihn bangt noch nach zu Hause!" Dann wandte sie sich zu mir und fügte hinzu: „Sie werden sich bald gewöhnen, die ersten Tage sind für Jeden schwer." Ich sah mich um in dem Zimmer, das mir, trotz der Einfachheit seiner Einrichtung, einen fremdartig eigenthümlichen

Eindruck machte, ebenso wie die Bewohner. Die Möbels waren schlicht und was man damals „altmodig“ nannte, denn sie stammten sicher tief aus dem vorigen Jahrhundert, wie die Bewohner des Zimmers selber. In einem alten Lehnstuhl saß der Pförtner, der von den älteren Schülern kurzweg „Vater Knopp“ genannt wurde, während die jüngeren ihn „Herr Knopp“ anredeten. Dafür mußte er schon „Sie“ sagen, wenn ihm auch das vermittelnde „Ihr“ noch oft genug über die Lippen sprang, da ihm das früher gebräuchliche „Du“ streng von den Vorgesetzten verboten war. Herr Knopp war ein pflichttreuer, gewissenhafter Mann, der seine Schuldigkeit nach besten Kräften that, obgleich diese nicht immer ausreichten, den unschuldigen Ueberschreitungen der Schüler zu wehren, die ihn auf jede Weise zu überlisten suchten. Neben seinem Lehnstuhl war ein Fensterchen, das auf die Vorflur führte und von dem aus er die Pfortenthür im Auge hatte. Da mußte er nun aufpassen, daß Niemand außer der Zeit hinausschlüpfe, ohne die in Blech geschlagene Nummernmarke abzugeben, die vom Lehrer abzuholen war. Jeder Schüler hatte seine Nummer und Pforten-Riekchen hatte mir schon mitgetheilt, daß ich Nr. 48 zugetheilt erhalten würde. Herr Knopp hieß mich freundlich willkommen und reichte mir die Hand. Er war ein großer Mann und hielt sich noch leidlich grade, trotzdem er über achtzig Jahre alt war. Das graue, noch volle Haar trug er glatt in den Nacken gekämmt. Seine ältere Tochter, eine kränklich aussehende alte Jungfer, saß strickend bei der grünen Blechlampe. Sie wurde Pforten-Dortchen genannt und ließ sich nur wenig mit den Schülern ein, unter denen immer die jüngsten ihre Schützlinge waren, bis sie sie durch Neckereien in Zorn setzten. Dann war es aus mit der Freundschaft, was sie durch Verstimmung und kurze Antworten kund gab. Aber e i n gutes Wort versöhnte sie wieder, denn sie war gutmüthig, las Romane aus der Leihbibliothek und spielte die Empfindsame.

Mit dem Vater und der Schwester hatte mich meine neue Freundin bereits bekannt gemacht und mir auch erklärt, daß die

Schüler für ihr wöchentliches Taschengeld das Backwerk zum Frühstück und Vesperbrot selbst zu halten hätten und es hier, in der Pforte, kauften, wohin der Bäcker seine Waare täglich mehrere Male schickte. Das besorge Dortchen. Man könne auch die Semmel mit Butter, Schmalz oder Pflaumenmus bestrichen haben; das aber hätte die Mutter nicht aus der Hand gegeben, obgleich die Töchter es ihr gern abnehmen würden, denn sie könne, selbst mit der Brille, nicht mehr viel sehen, und verständigen könne sie sich noch weniger, da sie zuweilen schon recht harthörig sei, und wenn die Schüler alle durcheinander auf sie einsprächen, würde sie ärgerlich und fahre sie an. Bös sei das aber nicht gemeint. Die Eltern seien eben alt und hätten schon vor mehreren Jahren ihre goldene Hochzeit gefeiert. Nun nahm Dortchen das Wort und berichtete in gewählteren Ausdrücken, was alles für Ehren der Familie bei dieser Gelegenheit widerfahren wären und wie die Mutter schön und ehrwürdig ausgeschaut hätte mit ihrem goldenen Jubelkranz. – Inzwischen öffnete sich die Thür des Nebenraumes, und herein trat, mit einem blakenden Lämpchen in der Hand, die alte Frau selbst, eine kleine, gnomenhafte Gestalt mit gebeugtem Rücken, verrunzelten Zügen, herabhängender Unterlippe und vor Altersschwäche schüttelndem Kopf. Gekleidet war sie ganz in die bürgerliche Tracht des vorigen Jahrhunderts, in einen bunten Kattunrock, darüber eine einfache Jacke, aus deren halblangen Aermeln die magern Arme hervorsahen, von demselben Stoff ein eben solches Käppchen, das mit einer schmalen, gefälteten weißen Krause besetzt war, Alles blitzsauber, wie auch die weiße Leinenschürze. Noch jetzt steht sie mir deutlich vor Augen wie ein Stück vergangener Zeit, wie ein lebendes Bild nach Chodowiecki. Pforten-Riekchen stellte auch ihr mit Aufwand aller Kraft ihrer Stimme den „Neuen“ vor. Die Alte hob ihr Lämpchen hoch und sah mich an. Dann ging sie unbeirrt auf ihren Stuhl am Tisch zu und brummte vor sich in: „Du wirst wohl auch solch eine infame Range werden, wie alle Andern. Das ist eine nichtswürdige Brut, diese Schülerkröten.“

Dortchen hatte die Mutter, die nun weiter keine Notiz von mir nahm, auf ihrem Stuhl zurechtgesetzt und sagte entschuldigend: Ich dürfe das nicht so ernst nehmen, die Mutter sei schon altersschwach und zuweilen trieben es die Schüler auch zu arg. Daß sie mich aber mit „Du“ angeredet hätte, solle mich nicht verwundern; sie nenne alle Schüler so, und das sei früher auch so Mode gewesen. Seit einigen Jahren sollten sie nun „Sie“ sagen, und der Vater hätte sich auch, wenn auch mühsam und allmälig, daran gewöhnt; die Mutter aber hätte sich ganz entschieden und hartnäkkig geweigert. Die Schüler, hätte sie erklärt, seien Alle zusammen schlingelhafte Schulbuben, zu denen gehöre sich „Du“ zu sagen, sonst wäre man um allen Respect, und sie bliebe dabei, wenn auch das ganze Lehrercollegium es ihr in jeder Conferenz verbieten wolle. Da hätten die Herren gelacht und die Schüler wären auch ganz zufrieden damit gewesen. Sie nennten die Mutter gleichfalls „Du“ wie früher, und redeten sie kurzweg mit „Frau“ an, und mit den Neckereien sei es nach wie vor dasselbe geblieben; nur daß die Mutter sie nicht mehr recht verstünde wegen ihrer Taubheit, und jetzt immerfort schelte, zum größten Spaß der jungen Leute. Uebelnehmen thäte es ihr aber Keiner.

Pforten-Riekchen hatte aber, obgleich sie für die Eltern und Schwester immer eingreifen mußte und eigentlich die „Pforte“ allein besorgte, noch selbständig ein Geschäft für sich etablirt. Sie war Buchbinderin, wenigstens für das Bedürfniß der Schule, und hatte sich das aus eigenem Geschick und langer Uebung angeeignet. Sie heftete und klebte die Schreibhefte, die Diarien und Ausgabebücher und machte das so sauber und fest, daß sie mit jedem Meister hätte concurriren können. Bei gedruckten Büchern freilich beschränkte sie sich auf Reparaturen. Uebrigens brachte sie jede freie Stunde damit zu, sogenannte Rockenblätter zu fabriciren, die Bogen aus dünner Pappe, die die Spinnerinnen um den Flachs legen, damit er nicht vom Rocken abfällt. Es war eine Industrie, die aus werthlosen Ueberbleibseln, aus Nichts noch etwas Werthvolles zusammenbrachte. Von den Tapezierern erhielt Pforten-Riekchen die Abfälle der Tapeten, aus den Tapetenfabriken die verdruckten Stücke, die Abschnitte, von den Papierhandlungen Fleckiges oder Eingerissenes, von den Buchbindern Goldborten-Reste, und bunte Bilder von überall. Das Alles wußte sie geschickt zu sortiren, zusammenzustellen und damit die Pappdeckel zu bekleben und zu verzieren. Damals gab es noch keine künstlerisch illustrirte Zeitschriften, keine solche Buchhändlerannoncen; aber man war auch genügsamer und ein paar Bilderbogen von Gustav Kühn in Neu-Ruppin reichten hin, eine Masse von Rockenblättern zu verschönern und anlockender zu machen, die dann großweise von den Händlern für die Jahrmärkte abgeholt wurden. Ich habe den geschickten Händen oft zugesehen bei dieser Arbeit und manchen Beitrag zum Material geliefert, namentlich an Bildern, wie ich sie, bei Seite geschoben, in den Ferien im Elternhause fand. Pforten-Riekchen hatte dann ein kindisches Vergnügen, denn diese Beschäftigung machte ihr Freude, vielleicht die einzige, die sie im Leben hatte, mehr als der Verdienst, der zwar sehr gering war, sich aber doch im Laufe vieler Jahre zu einer ansehnlichen Summe ansammelte.

Auch der alte Knopp, auf den ich schließlich zurückkomme, hatte, trotz seines Alters, noch seinen kleinen Nebenverdienst. Er war Schneider von Profession gewesen und noch immer der Flickschneider für die Schüler. Auf dem Vorflur stand eine große Kiste. In die warfen wir die zerrissenen Kleidungsstücke, an die der Name des Besitzers auf einem Zettel angeheftet war. Vater Knopp arbeitete dies Pensum nach besten Kräften auf, wenn er auch oft vorbeistach und manche Schäden, trotz der grün angelaufenen Messingbrille, übersah. Es hielt doch wieder bis zum nächsten Mal. Früher wäre er ein sehr geschickter Schneider gewesen, behauptete er, und man konnte ihn als solchen wohl eine Berühmtheit nennen; denn er kam damit sogar in die classische deutsche Literatur. Das ging so zu: Unser Vater Knopp hatte um das Jahr 1772 in Wetzlar als Schneidergeselle gearbeitet und für Jerusalem den Frack mit blanken Knöpfen, die gelbe Nankin-Weste und Beinkleider verfertigt, die er bei seinem gewaltsamen, durch Goethe unsterblich gewordenen Tod trug. An der Wahrheit dieses Factums war nicht zu zweifeln, denn Herr Knopp war ein zuverlässiger Mann, der sich dieses Zufalls auch gar nicht berühmte. Wenn man ihn danach fragte, beschrieb er Frack und Hosen ganz genau und gab auch zu, daß er den Herrn Goethe des Oefteren hätte über die Straße gehen sehen, aber über die Beziehungen zu Werther und Lotte wußte er nichts Weiteres. Wie oft war er wohl danach gefragt worden, und wie leicht, wenn er sich hätte wichtig machen wollen, hätte er sich die Dinge zurechtlegen können. Dazu war aber unser Vater Knopp zu ehrlich. Ein kleiner Glanz fiel indessen doch von der Weltberühmtheit des tragischen Todes auf ihn; denn damals im Jahre 1834 tönte noch der Nachklang der gewaltigen Erregung fort, die das berühmte Erstlingswerk Goethe's durch ganz Deutschland, in allen jugendlichen Gemüthern geweckt. Die Jugend von jetzt versteht das nicht mehr. „Die Leiden des jungen Werther" gehören nur noch der Literatur, und von ihm unserm alten Knopp, der den Helden des Romans einkleidete, wird bald Niemand mehr erzählen können.

Was sich der Wald erzählt

Ungeschriebene Tagebuchblätter, zwischen den Zeilen gelesen.

Jede künstliche Produktion trägt, wenn auch vielleicht nur für Den, der sie schuf, den Stempel der Stimmung, die Signatur der Lebensverhältnisse, in denen sie sich entwickelte, unter deren Einfluß sie Form suchte und fand. Jedes Gedicht bleibt ein Tagebuchblatt für den Dichter, auf dem er sich wiederfindet, wie Heine das in seinem Doppelgänger so erschütternd zur Gestalt werden läßt. Mir ist es immer unheimlich, gespenstisch vorgekommen, wenn ich vor Jahren Geschriebenes wieder zur Hand nahm, oder eins meiner Stücke, das ich in der Jugend verfaßt hatte, mir eine lange Zeit später wieder vorgeführt wurde. „Das würde ich so jetzt nicht schreiben," dachte ich, und mußte oft hinzusetzen: „das könnte ich auch nicht mehr schaffen." Die überlegte Production wird immer noch viel von einer Improvisation haben und steht unter dem Bann der Stunde, in der sie entstand. Das habe ich in den letzten Tagen wieder recht lebhaft empfunden. Nach Jahrzehnte fiel mir durch Zufall das Büchelchen wieder in die Hände, das den Titel der Ueberschrift trägt, die ich dieser kleinen Lebenserinnerung gebe; und ich blätterte es durch, las zwischen den Zeilen längst vergangene Zeiten heraus, von denen kein Wort in dem Buche steht, lebte Stimmungen wieder durch, die mir völlig aus der Erinnerung entschwunden waren, und die so leise durchklangen, daß sie nur meinem innern Ohr vernehmbar sein konnten.

Das kleine Buch, das erste, mit dem ich in die Oeffentlichkeit trat, muß zur Publication eine besonders günstige Stunde getroffen haben, denn es war glücklicher als alle folgenden; hat meinem Schriftstellernamen eine Popularität errungen (vergl. Abb. 14), mehr als jede andere meiner literarischen Versuche; Auflagen über Auflagen folgten und wurden, von der Mode gefördert, in zierlichem Salongewande auf alle Bücher-Nippes-Tische eingeführt.

Ich will erst berichten, wie es in die Oeffentlichkeit und überhaupt zum Druck gelangte, und dann ausplaudern, was ich jetzt zwischen seinen Zeilen herauslas, und das war ein schönes Stück Leben, jung wie das Buch selbst. Vielleicht fühlte das die Jugend und bereitete ihm deshalb so freundliche Aufnahme.

Es war im Spätsommer 1848. Ich kehrte eben von einer Reise nach Italien, der die Ereignisse des Sturmjahres schneller als beabsichtigt ein Ziel gesetzt hatten, in mein Elternhaus auf dem Lande zurück, nachdem ich mich zuerst in Frankfurt, wo die Nationalversammlung tagte, dann in Berlin, wo der General von Wrangel eben mit seinen Truppen einzog und das Parlament aufhob, in der umgewandelten politischen Stimmung der Heimath zurecht zu finden gesucht hatte. Die theils durch überbrausende Hoffnungen, theils durch übertriebene Befürchtungen aufgeregten Gemüther fingen an sich zu beruhigen und, auf dem Lande namentlich, lenkte Alles wieder ein in die gewohnten Geleise behaglicher Zuversicht und friedlicher Arbeit.

In dem freundlichen Hause meiner Eltern, das eine einfache, aber ausgedehnte Gastlichkeit auszeichnete, hatte sich ein wechselnder Kreis von Jugend zusammengefunden, theils Verwandte, theils Freundinnen meiner Schwestern, theils meine Freunde von der Schule und Universität. In der Heiterkeit des jugendlichen Zusammenseins wurden leicht die Aufregungen vergessen, die die Wolken am politischen Horizont aufsteigen ließen; aber damals spielte man noch nicht Croquet oder Lawn-tennis, sondern man dichtelte ein wenig, freilich sehr heimlich, als wäre das ein des Verschweigens werthes Unrecht, schrieb Sinnsprüche, längere und kürzere Gedichte zusammen in sehr einfache Albums, und las gemeinsam die Modedichter der Zeit. Da fand sich denn auch in meiner Mappe ein oder das andere Gedicht, das die Gelegenheit hervorgelockt hatte, und das gewürdigt wurde, in den Sammlungen der jungen Mädchen Aufnahme zu finden. Dabei kamen vier sogenannte Märchen zum Vorschein, die, in lockerem Zusammenhang unter einander, noch keinen gemeinsamen Titel trugen und zu sehr verschiedener Zeit entstanden waren. Auch die wurden im Hauskreise vorgelesen und fanden mehr Beifall bei den Zuhörerinnen als Platz in ihren Albums. Sie waren zu umfangreich, und vielleicht zu lang für die Geduld der Abschreiberinnen, soviel man dieser auch zumuthen konnte. Ja, wenn man einen Verleger wüßte, der das Opus druckte, allenfalls gegen Zusicherung der Abnahme einer Anzahl von Exemplaren! Auch da fand sich eine Vermittlung. Eine Freundin meiner Schwestern verkehrte in dem Hause eines jungen Verlagsbuchhändlers in Berlin und erbot sich nicht nur zum zweifelhaften Versuch, diesen zur Herausgabe der Märchen zu überreden, sondern sogar den Umschlag derselben zu illustriren. Die Protection junger Mädchen ist nicht gering anzuschlagen, sie sieht keine Hindernisse, schreckt vor keiner Ablehnung zurück und scheut keine Waffe der Ueberredungskunst.

„Aber Märchen! In dieser Zeit, in der man nichts liest, als politische Blätter und Broschüren," protestirte der Verleger. Dagegen Lächeln, Schmollen, Zuversicht und immer wieder dieselbe Scala. Was war da zu thun?

Genug, der freundliche Verleger war jung und deshalb unvorsichtig, er blickte flüchtig in das von Damenhand copirte Manuscript, lächelte und sagte zu. Er wolle Druck und Vertrieb übernehmen, aber er verlangte einen Titel für das Buch und die Illustration für den Umschlag. Ersterer war nicht so leicht gefunden. Es war Herbst geworden und ich suchte noch immer, am Schreibtisch und auf einsamen Spaziergängen. Plötzlich war er da! Ich könnte die Stelle noch angeben, wo ich ihn fand, als fiele er aus den Wolken. Ich ging allein gegen Abend durch ein

Tannenwäldchen; den gewundenen Weg säumten Birken, und junge Eichen sproßten zwischen den Fichtenstämmen auf. Das herbstliche Laub flatterte im leichten Winde zu Boden, die Sonne war trüb und fast unbemerkt untergegangen, die Nacht schnell eingebrochen; feuchtfrische Nebelluft wehte mir ins Gesicht, und knarrend regten sich die Wipfel der Tannen, aus denen sich von Zeit zu Zeit ein Rabe schreiend aufschwang und schwarz abhob gegen den tiefgrauen Himmel. Das war die recht eigentliche märkische Herbstnatur, deren Gruß ich lauschte mit dem geschärften Gehör, das die Nacht in der Einsamkeit weckt. Ich hörte jedes fallende Blatt, jeden Windhauch, wie ein geheimnißvolles Gespräch des Waldes, und auf einmal war er da, den ich seit Wochen gesucht hatte, mein Märchentitel. „Was sich der Wald erzählt!" flüsterte ich vor mich hin und wiederholte es immer wieder. So kam ich zu der Bezeichnung, die mein Büchelchen einführen, zusammenfassen, dessen Inhalt sie in einer Zeile charakterisiren sollte, und sie hat sich glückbringend bewährt. Dem Titel gehörte ein guter Antheil an dem Erfolge des Inhaltes. Prolog und Epilog waren längst fertig, und so erschien das Heft mit der sinnigen Deckelillustration (Abb. 23) wenige Wochen später und flog, ein Gruß zur Erinnerung an das sommerliche Zusammensein, nach allen Richtungen zu den Freunden des Elternhauses. Einen anderen Zweck hatte ich nicht erstrebt, auf einen buchhändlerischen Erfolg so wenig gehofft, als der Verleger selbst. Wie erstaunt war ich, als ich von Letzterem, noch bevor der Herbst zu Ende, die Nachricht erhielt, die erste Auflage meiner Märchen sei vergriffen, eine zweite nothwendig. Und nun folgten sich die Auflagen schnell. Ein großer Leserkreis war der politischen Flugschriften, der Parteiblätter, die wie Pilze aus der Erde über Nacht aufschossen, überdrüssig geworden, und das Unpolemische, Harmlose kam zu seinem Rechte. Eine ganze Literatur, meist aus Damenhänden, folgte meinem Waldmärchen, denen wir nichts weniger zugetraut hätten, als daß sie eine, wenn auch noch so bescheidene, Bahn brechen könnten, die sich wenigstens als Fußpfad über blumigen Rasen, überschattet von Baumwipfeln, bewährte und noch immer bewährt. Mit welcher Empfindung aber ein junger Autor zum ersten Mal seine Production an den Schaufenstern der Buchhändlerläden betrachtet, halb stolz, halb erröthend, davon hat das lesende Publicum keine Ahnung.

So machte das kleine Buch seinen Weg. Wie es aber entstand, das zieht sich durch die Geschichte meiner ganzen Jugend, und die tauchte mir wieder traumhaft auf vor der Seele, als ich es kürzlich durchblätterte. Ich will versuchen, die Träume festzuhalten und ihnen noch einmal, wenn auch in flüchtiger Skizze, Gestalt zu geben.

Von meinem Eintreten in die Pforte des Alumnates hat bereits ein anderes Erinnerungsbild berichtet, und dieser habe ich auch meine Schulzeit als eine sehr fröhliche, von warmer und breiter Freundschaft beglückte, bezeichnet. Eine Freundschaft hatte sie mir aber gebracht, die freilich der Tod mir früh raubte und mich damit den ersten, tiefen Schmerz des Lebens kennen lehrte, der unvergessen in mir blieb durch alle Zeit – die Freundschaft nicht eines gleichaltrigen Mitschülers, sondern meines Lehrers, des Professors Ferdinand Immermann, der etwa zwanzig Jahre älter war als ich. Nie habe ich, mit Ausnahme meiner nächsten Angehörigen, einen Menschen mehr geliebt, als Ferdinand; Keiner hat je solchen Einfluß auf die Entwicklung meines Wesens, meines Charakters und meiner Bildung geübt als er, und in allen meinen späteren literarischen Bestrebungen hat mir die Erinnerung an ihn, an seine Leitung zur Seite gestanden, als er längst nicht mehr sein zurechtweisendes oder zustimmendes Wort zu mir sprechen konnte. Ja, noch jetzt steht er mir deutlich vor der Seele mit der ernsten, hohen Stirn, mit dem milden Blick und den feinen Lippen, die ebenso humoristisch zu lächeln vermochten, als feierlich-ernst zu mahnen. Noch tönt mir im Ohr sein weicher, selbst im Eifer der Rüge nie verletzender Klang der Stimme. Er war mehr eine empfangende als gebende Natur, auch im freundschaftlichen Verkehr; aber er gehörte zu denen, deren Schweigen beredt

Abb. 23: Deckelillustration
„Was sich der Wald erzählt“

Abb. 24: Deckelillustration
„Vergißmeinnicht“

ist, den man versteht, auch ohne Worte. Wie manchen unausgesprochenen Tadel, wie viel stumme Anerkennung habe ich aus dem Gruß seines Auges, dem wehmüthigen Falten seiner Stirn, dem Druck seiner Hand herausgelesen!

Wie war diese auf den ersten Blick befremdende Freundschaft des gereiften Mannes und des halben Knaben entstanden? Ich kann nur das äußere, halb zufällig angebahnte Nähertreten berichten, während die weitere Entwicklung nur durch die Eigenartigkeit der beiden Charaktere möglich war.

Ein Mitschüler, Felix Niemeyer, hatte mich, gleich nach meinem Eintritt in die Schule, in seinem Elternhause, dem des Dr. Niemeyer, eines Sohnes des berühmten hallischen Pädagogen, Kanzlers Niemeyer, eingeführt, und ich verkehrte dort, als ob ich zu ihnen gehörte, mit dem gleichaltrigen Schulfreund, mit seiner nur ein Jahr älteren Schwester Marianne (Abb. 25) und den jüngeren Schwestern. Mit Marianne hatte ich den Confirmationsunterricht getheilt, dann Tanzstunde gehabt und die ersten jugendlichen Bälle besucht. Sie war mir wie eine Schwester geworden und ist es treu in Freude und Leid jetzt durch gerade ein halbes Jahrhundert geblieben, bei allen Geschicken, die uns trafen im langen, wechselvollen Leben, zu dessen beglückendsten Gaben ich diese reine, geschwisterliche Freundschaft rechne. Ihrem Bruder Felix und mir war die früh entwickelte, geistig überlegene Schwester schon während unserer Gymnasialzeit Ratherin und Helferin in den halb knabenhaften wie in den ernsteren Erlebnissen unserer Schuljahre, und wir empfanden es schmerzlich, als die bejahrte Großmutter, die verwittwete Kanzlerin Niemeyer, kam, um Marianne zu einer Reise an den Rhein abzuholen, wo sie eine verheirathete Tochter auf mehrere Monate besuchen wollte. Sie blieb den Sommer über und kehrte im Herbst wieder, mit Freude und Ungeduld empfangen, Letzteres namentlich von Felix‘ Vater; denn er hatte seiner Mutter ein tiefernstes Geheimniß zu eröffnen. So rüstig er auch schien, und so treu er seinen Beruf weiterführte, hatte er doch ein schon längere Zeit hingeschlepptes

Leiden, das er, der Arzt, sicher erkannte, und von dem er wußte, daß es unheilbar sei. Langsam, aber mit grausamer Unerbittlichkeit fühlte er den Tod heranschleichen. Als nun die Mutter sich zur Heimreise nach Halle rüstete, lud er sie in sein Zimmer und sagte ganz ruhig: „Mutter, reise nicht, bleibe den Winter über bei mir!“ Die alte Kanzlerin sah ihn lange verwundert an, dann erwiderte sie: „Wenn Du mir sagst, welcher Grund Dich zu der Bitte bewegt.“

Abb. 25: Marianne, geb. Niemeyer, verw. Immermann, wiederverm. Wolff

Der Sohn wurde ernst und nahm ihre Hand. „Mutter,“ sagte er, „Du bist stark, Du hast schon viel Kummer getragen im Leben und ich habe gesehen, wie Du ihn trugst. Dir kann ich es sagen, und von Dir kann ich auch verlangen, daß Du es Niemand merken läßest, nicht mit einem Wort, nicht mit einer Thräne, nicht mit einer Stimmung, das würde mir die letzten Monate meines Lebens zur Qual machen, denn dieser Herbst ist mein letzter, und ich werde den Winter kaum noch sehen. Ich weiß es sicher.“

Die Mutter wurde starr, eine lange Zeit, während der Sohn ihr wissenschaftlich klar machte, wie es stand. Sie hatte Alles begriffen und dabei ihren Entschluß gefaßt. „Ich bleibe,“ sagte sie, „und Niemand soll mir anmerken, was ich weiß!“ Sie hielt wie eine Heldin, was sie versprochen hatte, und lebte scheinbar heiter mit dem Sohn, den Enkeln, den zahlreichen Freunden des Hauses, zu denen ich mich zählen durfte. Ich habe ihr Bild noch klar im Gedächtniß. Die kleine, zierliche Frau mit dem klugen Blick und dem freundlichen Zug der Milde um die Lippen, war dabei ein fester, muthiger Charakter, der diesmal einen Heroismus des Schweigens bewährte, wie man ihn kaum einem Mutterherzen zumuthen durfte. Sie sah den Sohn schwächer und schwächer werden und hatte immer noch ein beruhigendes Wort für die Angehörigen, die anfingen, besorgt zu werden. Noch ehe es völlig Winter geworden war, standen wir um das Sterbebett des theuren Mannes. Von Allen nahm er Abschied.

Ferdinand Immermann gehörte zu den Freunden des Hauses und war zum Vormund der Kinder ernannt. So trat ich ihm näher im Trauerhause, lernte ein paar Jahre später in seinem Hause seinen Bruder Karl, den Dichter, kennen, der zur Taufe des Sohnes Ferdinand's gekommen war, bei der Gelegenheit Marianne kennen lernte und sich mit ihr ein Jahr später vermählte.

Für mich waren diese Tage der Trauer der Anfang einer seltenen Freundschaft. Gemeinsamer Schmerz führt schneller zusammen und bindet fester als alles Andere. Ich wurde bald ein fast heimischer Gast in der Immermann'schen Familie.

Es lag in Ferdinand's Wesen, wenn ich in seinem Hause war, mich nicht als Schüler, nicht als halben Knaben zu behandeln, sondern als willkommenen Gast, dem er das Beste entgegenbrachte, was dies Haus bot, den Stuhl an seinem Tisch und den Platz in seinem Herzen. Und wenn er, mit Rath und That, in das Verhältnis des älteren Bruders trat, so ließ er nie die Ueberlegenheit der Jahre und Stellung empfinden; er wurde traurig, wenn er streng und zurechtweisend hätte sein müssen, heiter und beglückt, wenn er zufrieden war. Ich war aber auch von rücksichtslosester Offenheit gegen ihn, und was ich Tadelnswerthes aus Uebermuth oder Unüberlegtheit begangen hatte, erfuhr er gewiß von mir zuerst. „Kind, Kind!“ rief er dann, „wie kann man so sorglos und so verständig zugleich sein. Neulich in der Klasse bist Du auch wieder so unaufmerksam zerstreut gewesen, daß ich überzeugt war, Du wüßtest nicht einmal, wovon die Rede. Ich schämte mich vor den anderen Schülern und traute mich nicht, das Wort an Dich zu richten. Du lernst gar nichts, und wenn Du nicht eigentlich mehr wüßtest als die Anderen, würde mir angst und bange um Deine Bildung.“ Wenn er fertig war, strich ich ihm die Falten von der Stirn; er meinte, er hätte mich gescholten, und war doppelt freundlich. Dann sagte ich wohl: „Du weißt es am besten, Ferdinand, wo ich es her bekomme, das Wenige, was ich besser verstehe als die Anderen, und daß ich das in der Schulklasse nicht gelernt habe!“

„Das wird sich an Dir rächen,“ sagte er dann. „Ich habe es an mir selbst erfahren. Ich konnte auf der Schule nie die Mathematik begreifen und dafür träumte ich durchs Leben wöchentlich wenigstens ein Mal, daß ich durch das Abiturientenexamen fiele, weil ich an einer geometrischen Figur nur wirr sich kreuzende Linien sehe, die ich mir nie plastisch denken kann!“

Er hatte Recht. Wie oft bin ich, bis zu dieser Stunde, im Traum durch die Abgangsprüfung auf der Schule gefallen, aber nicht wegen der Mathematik, sondern wegen des lateinischen Stils und der griechischen Grammatik.

Dann aber wieder schien Ferdinand ganz zu vergessen, daß ich kaum achtzehn Jahre zählte und in vieler Beziehung noch knabenhafter war, als mein Alter berechtigte. Wir saßen zusammen in den ernstesten Gesprächen, disputirten über religiöse Dinge, über Lebensansichten und Menschen, über Kunst und Literatur. Darüber brachen ganz die Schranken, die Lehrer und Schüler trennen; denn Ferdinand war mein Religions- und Literaturlehrer, und nicht selten griff ich das an, oder konnte dem doch nicht ganz beistimmen, was er in der Klasse vorgetragen und behauptet hatte. Er gestatte mir abweichende, eigene Ansicht und schließlich scheiterte sie doch, weniger an seinen Gründen, als an seiner Ueberzeugung. Sein innerstes Wesen war unkritisch und gern zu überwallender Anerkennung geneigt. Was schön, was poetisch an einer Dichtung, an einem Bilde oder plastischem Kunstwerk war, das fühlte er heraus und übersah die Mängel. In seiner religiösen Ueberzeugung war er streng-gläubig, aber ohne alles Eifern und noch mehr ohne alle äußere Schaustellung. In der Literatur stand er unter dem Banne der Romantiker, die er über Verdienst anerkannte. Heinrich von Kleist war sein Lieblingsdramatiker, Novalis stellte er sehr hoch und Tieck war ihm Autorität. Er lehrt mich Eins, und das habe ich ihm durchs Leben gedankt – mit Pietät an jedes nur irgend poetische Werk heranzugehen und mich zuerst daran zu freuen, ehe ich anfange zu urtheilen. Unser Verhältniß war das reinste, eigenartigste und ist es geblieben, bis es der Tod trennte. Es lag, so lange ich auf der Schule war, ein halbes Geheimniß darüber. Die übrigen Lehrer wußten wohl, so gut als meine Mitschüler, daß ich viel in dem Immermannschen Hause verkehre, aber in der Klasse und vor den Anderen nannte ich Ferdinand „Herr Professor", er mich „Sie" und beim Familiennamen. Es sollte Niemand wissen, wie nahe wir uns getreten waren, und es hätte das auch Keiner ganz verstanden. Was mir aber diese Freundschaft war und für das Leben blieb, empfinde ich noch jetzt und am deutlichsten bei jeder literarischen Arbeit. Noch immer ist mir, als müsse ich sie zuerst in Ferdinand Immermann's Hand legen, als schriebe er noch mit der corrigirenden rothen Dinte, wie an den Rand meines deutschen Aufsatzes, bei einer nicht wohlklingenden Periode: „laut lesen", und immer wieder frage ich mich: „würde ihm das gefallen, würde er zufrieden damit sein?" Die Erinnerung an ihn ist mir stets eine mahnende Kritik geblieben, und nicht allein bei der Production, sondern in jedem Handeln und Denken.

Aber ich scheine weitab gerathen zu sein von dem, was ich erzählen wollte, und doch steht, was ich voraus schickte, in enger Verbindung mit demselben.

Professor Immermann, der den deutschen Unterricht in der Prima gab, pflegte in jedem Semester einmal anstatt des gegebenen Themas seinen Schülern die freie Wahl für den Vorwurf, den sie behandeln wollten, zu überlassen. Er wollte sie vom Zwang befreien, sich immer mit dem gebotenen Gedankengang zu beschäftigen, und es interessirte ihn, die Richtung, das besondere Interesse jedes Einzelnen kennen zu lernen. Er dachte sich das in seiner Eigenart idealer, als es war, denn diese Freiheit gab zu mancherlei Mißbrauch Anlaß. Viele von den Schülern nahmen ihre Aufsätze, wo sie sie finden konnten, und ihre Arbeiten hatten oft nur kalligraphischen Werth. Mir war es immer ein besonderes Vergnügen, bei dieser Gelegenheit über die Grenzen der schablonenmäßig aufgebauten Abhandlung hinauszustreifen, und es war mir von Lehrern und Mitschülern, da Letztere sonst nicht leicht eine Ausnahmestellung einräumen, für meine deutschen Aufsätze eine solche längst zugestanden. Ich hatte nämlich von der Tertia an, wo die deutschen Aufsätze anfingen, durch die ganze Schulzeit stets die beste Arbeit der Klasse geliefert und zählte also eigentlich nicht mit bei der Concurrenz, das stand nun einmal fest, selbst wenn ich, anstatt einer Betrachtung , ein Gedicht, anstatt der regelrecht aufgebauten Abhandlung ein Gespräch mit „für“ und „wider“ lieferte. Mir war gestattet, was man den Anderen nicht nachsah, und diese fanden das ganz in der Ordnung – nur Ferdinand Immermann nicht, als ich in der Prima in seinen deutschen Unterricht eintrat. In der Klasse sollte ich nichts Besonderes voraus haben, und er am Wenigsten wollte es mir einräumen. Er war vorzugsweise streng und anspruchsvoll gegen mich, aber es half nichts, denn nun erst recht, da ich für ihn arbeitete, war mein Aufsatz immer noch der beste. Wenn ich mich aber in die vorgeschriebene strenge Disposition gefügt hatte, entschädigte ich mich in den Freistunden und verfaßte Lustspiele nach Körnerschem und Müllner'schem Muster in Alexandrinern, Gedichte, meist Balladen, in der Nibelungenstrophe, und las die frühreifen Producte geduldigen Freunden vor. Ferdinand aber durfte davon nichts vor Augen kommen. Er hätte mir diese Zeitvergeudung als vorzeitig verwiesen; so glaubte ich wenigstens.

Da gab er wieder einmal die Wahl des Aufsatzthemas frei, und ich war verwegen genug, eine Arbeit einzureichen, die, wild aufgeschossen, ganz aus den Gewohnheitsgrenzen eines Primaneraufsatzes heraustrat. Ich hatte mir eine phantastische Blumengeschichte zurechtgesonnen (vielleicht in solchen Lehrstunden, in denen ich nichts hörte noch lernte, wie Ferdinand behauptete, und die sicher nicht die waren, die er gab), hatte versucht, ihr Form zu geben, und meinte, diese getroffen zu haben. Dazu schaffte ich ein neues Aufsatzheft an, und meine Arbeit füllte dies auch fast ganz aus. Mit klopfendem Herzen schob ich das Opus unter die Hefte der Mitschüler und sah nicht ohne Bangigkeit, dem Tage der Rückgabe entgegen. Das war die Geschichte der Mohnblume, wie sie ganz unverändert später den Reigen eröffnete in „Was sich der Wald erzählt“.

Der Tag des erwarteten Urtheils kam; Ferdinand trat mit sämmtlichen Heften in die Klasse und bestieg das Katheder. Bei den anderen Schülern war die Spannung sehr mäßig und einige Beklommenheit vielleicht nur bei denen, die sich eines Plagiats schuldig fühlten; mir trat das Blut ins Gesicht und der Athem stockte. Und doch rechnete ich mehr auf eine Rüge, als auf eine Anerkennung. Der Professor nahm das erste Heft auf und charakterisirte kurz Thema und Ausführung. Es war, zum ersten Mal, nicht mein Heft. Die Mitschüler sahen mich verwundert an. Das zweite, das dritte Heft kam, und immer weiter. Das meinige war nicht darunter. Endlich kam es, das letzte von allen. Die Schüler waren aufmerksam geworden – da mußte etwas Besonderes geschehen sein. Ich sah, wie Ferdinand's Hand leise zitterte, als er das letzte Heft aufhob. „Endlich,“ sagte er, blickte aber nicht auf dabei und am Wenigsten wandte er den Blick zu mir, „ist mir hier noch eine Arbeit eingereicht, die aber so aus der Aufgabe herausgreift, die unseren hiesigen Aufsätzen gestellt ist, daß ich sie nicht nach dem Maßstab der anderen beurtheilen kann. Ich gebe sie also unkritisirt und ohne Correctur zurück.“ Damit war die Stunde aus und ich lief, beschämt über dies zweifelhafte Urtheil, auf den Spielhof, um mich an einer Partie Ballspiel zu betheiligen, schon um den Fragen meiner Schulfreunde auszuweichen, die sehr gespannt darauf waren, zu hören, was ich denn, um Himmels willen, für ein ordnungswidriges Schriftstück zu Tage gefördert hätte!

Als ich dann später zu Ferdinand kam, erwähnte er mit keinem Worte, mit keiner Andeutung mein „freies Thema“, und eben so wenig später durch Wochen. Ich fühlte, er wollte nicht darüber sprechen, und ehrte sein Schweigen, das ich diesmal nicht verstand. Zuletzt hielt ich es nicht mehr aus, nicht weil ich für mein armes, harmloses Märchen eine, wenn auch noch so bescheidene und bedingte Anerkennung wünschte, sondern weil ich es nicht ertragen konnte, zu denken, ich hätte damit meinen geliebten Freund gekränkt oder verdrossen. Ich faßte mir ein Herz und sagte: „Du hast mir neulich meinen Aufsatz mit so unverständlichen Worten zurückgegeben, daß ich fürchten muß, Du seist unzufrieden mit mir; aber das hättest Du mir doch inzwischen sagen können." Ferdinand sah mich eine Weile an, als werde ihm die Antwort schwer. „Das hätte ich Dir auch gesagt, wenn es gewesen wäre; aber ich meinte, Du könntest mich nicht mißverstehen. Ich habe seitdem viel über Dein Märchen, das eigentlich eine Allegorie ist, nachgedacht und mich gefragt: „Wird d e r ein Dichter oder nicht?" Nun darf man aber eine Knospe nicht frühzeitig aus einander biegen, um neugierig zu forschen, welche Blüthe sie birgt; und so wollte ich Dir meine Hoffnungen nicht aussprechen, obgleich sie viel stärker ins Gewicht fallen als die Zweifel. Dem Strebenden, der einem hohen Ziele zueilt, darf man nicht halbwegs zurufen: „Du wirst es erreichen!" sonst steht er still. Steckt aber hier wirklich eine Dichternatur in der Knospe, so wird sie sich schon aus eigener Kraft entfalten. Ist es Dir nun klar, weshalb ich schwieg?" Ich athmete auf. Wenigstens hatte ich den Freund nicht gekränkt. Die Frage aber, die er sich damals bei meiner ersten Märchendichtung stellte, habe ich mir später entmuthigend bei jeder neuen Arbeit selbst aufgeworfen. Er fehlte mir, dessen Wort das Zagen hätte überwinden können.

Mein Fortgehen von der Schule war in der That ein schwerer Abschied, und das erste Studienjahr, das ich Berlin zubrachte, konnte mich nicht entschädigen für Das, was ich mit dem Austreten aus dem alten Kloster Unserer Lieben Frauen aufgab. Auch sollte mir das eigentliche Studentenleben erst mit meinem anderthalbjährigen Aufenthalte in Heidelberg aufgehen und zwar so beglückend, wie ich es nie für möglich gehalten hätte. Den vollen Reiz der Freiheit und Fröhlichkeit der Jünglingsjahre lernte ich erst dort kennen im Zauber der Natur, im weiten Verkehr mit Altersgenossen, im frischen Jubel des Corpslebens, das einen großen Kreis lebensfroher Jünglinge in aufrichtiger Freundschaft verband. Aus den Studien wurde freilich nicht viel; aber wir lernten von einander, was den Charakter stählt in sorgenfreier Schule des Lebens, und die verjubelten Stunden auf der Kneipe, die übermüthigen Abende bei den Commersen, die kecken, kräftigenden Morgenstunden auf dem Fechtboden und auf der Mensur waren keine verlorenen. Das aber kann nur verstehen, wer selbst Student war; und ich war es mit Leib und Seele[63]. Die Glückseligkeit meiner Heidelberger Studentenzeit klang noch durch mein ganzes Leben wie ein Accord, der höchste Befriedigung anschlug und der spät, spät erst, in den Prüfungen des Geschickes, in wehmüthigem Ton verhallte. Heidelberg blieb lange das Wort, das die glücklichsten Erinnerungen für mich einschloß und die ganze Poesie des Daseins vor meiner Seele wach rief. Alle andern Bestrebungen traten zurück; ich wollte nur das Leben, das sich so schön um mich schmückte, die Jugend, die es voll genießen ließ, bis zum letzten Tropfen auskosten. Während die ganze Existenz Poesie war, verstummte der Drang, sich eine andere zu erträumen und zu erdichten, und kaum fügten sich in der ganzen Heidelberger Zeit ein paar Eindrücke zu unfertigen Versen, die nicht einmal werth schienen, als Andenken bewahrt zu werden. Nur einmal, es war am Weihnachtsabend, ergriff mich eine Empfindung von Heimweh nach dem Elternhause, nach den fernen Lieben in der Heimath. Wir hatten freilich in der Kneipe unseres Corps, wo wir Guestphalen uns allabendlich versammelten, eine

[63] In der von A. Hindorff illustrierten Prachtausgabe von „Was sich der Wald erzählt" (bereits 10. Auflage, 1852) ist eine Lithographie (Abb. 26) enthalten, die dies Studentenleben darstellt, im „Vergißmeinnicht" wird es in der zweiten Episode geschildert.

Abb. 26: Studentenleben in Heidelberg

Weihnachtsfeier bereitet, mit geschmücktem Lichterbaum, und darunter jeder sein Geschenk gelegt, so daß Alle ihr Andenken durch das Loos ertheilt erhielten; aber es wollte doch die rechte Stimmung nicht aufkommen, wenn auch Keiner das zeigen mochte. Noch entschiedener empfand sich das am nächsten Morgen, der sonnig über die leichtgefrorene, beschneite Erde aufstieg. Ich wollte mein Heimweh nicht betäuben in erzwungener Fröhlichkeit des Zusammenseins mit Andern und ging einsam hinaus über das Schloß und weiter in den Wald hinein, wo ich sicher war, Niemanden zu begegnen. Es war weihnachtlich in der Natur, der Schnee knirschte unter den Schritten und die kahlen Bäume am Wege schmückten die Epheuranken wie glänzende Flitter, die sich in die Aeste hinaufzogen; die Zweige der Tannen aber beugte der glitzernde Schnee, und sein Krystalle funkelten im Sonnenlicht, glänzten wie einer Kette gleich an riesigen Weihnachtsbäumen, deren Stämme sich wie Masten zum klaren Himmel hoben. Die alte Märchenlust erwachte in mir, und so wob sich aus Heimweh, aus früher geträumten Bildern, aus dem Glück der Gegenwart das Märchen des Tannenbaums, das ich dann, in den nächsten Tagen, schnell niederschrieb – das einzige festgehaltene Zeugniß Heidelberger Jugendstimmung. Und doch, als ich jüngst dies Märchen wieder las, stand die ganze selige Studentenzeit vor mir, wenn auch keine Silbe davon spricht, als der Epilog mit flüchtiger Andeutung. Der aber entstand erst mehrere Jahre später.

Mit dem dritten Märchen aus der Sammlung, das vom Waldbach erzählt, habe ich mich niemals recht befreunden können, und auch jetzt steht mir bei ihm für die Erinnerung am wenigsten zwischen den Zeilen. Es hatte mich, nachdem ich meine beiden ersten juristischen Examina in Berlin absolvirt, wieder nach Magdeburg gezogen, wo ich im Spätsommer 1846 bei der Regierung als Referendar eintrat. Vor Allem war es Ferdinand Immermann, den ich wiederfand, in dessen Haus ich zog und mit dem der Verkehr mir unschätzbar wurde. Ich war ihm im Alter scheinbar näher getreten, und doch blieb er mir, fast noch mehr als früher, der erziehende Freund, immer besorgt um mein Seelenheil und treuer Rathgeber für den angehenden Schriftsteller, der sich nun ganz dem Lustspiel zuwandte, damit aber von den poetischen Auffassungen des Romantikers sehr abwich. Uebrigens hatte sich in Magdeburg, das inzwischen durch das Eisenbahnnetz mit allen

Fernen verbunden war, ein großer Kreis von Schul- und Universitätsfreunden zusammengefunden, und ein munterer, oft übermüthiger, gesellschaftlicher Verkehr begann. Im Winter allwöchentlich einmal Liebhabertheater oder lebende Bilder neben den Bällen, im Sommer Landpartien, die sich zuweilen sogar bis zu kleinen Ausflügen in den Harz ausdehnten. Es war ein frisches, geistig nicht unbewegtes Treiben, das aber doch zerstreuend selbst von den Berufsstudien und mich besonders von jeder poetischen Produktion abzog. Dafür entstanden eine Masse von Gelegenheitsgedichten, Eintagsfliegen, die mit der Flüchtigkeit hingeworfen wurden, die ihr Zweck berechtigte und entschuldigte. Ferdinand sah dem bedenklich zu, und mit Recht. Er verlangte Ernst für das Reifen poetischer Begabung, und aus diesem Contrast des äußerlich oberflächlichen Treibens mit dem Trieb zum poetischen Schaffen entstand das etwas empfindsame, thränenreiche Märchen des Waldbaches und ein paar Einacter, von denen Ferdinand sagte, sie kämen ihm in ihren wenigen Blättern vor wie die Couplets, die der Orgeldreher auf der Messe von seinem Leierkasten feil böte, mit der Bezeichnung „gedruckt in diesem Jahr“. Und nichts desto weniger fand er immer noch ein Körnchen „anmuthiger Poesie“ heraus. „Das würde mir sehr gering vorkommen,“ sagte er, „wenn es mir nicht immer bewiese, daß Du mehr Talent und Herz damit versteckt, als zu Tage gefördert hast.“

So wenig also dieser Aufenthalt in der alten Stadt meiner Schuljahre mit dem Märchen, das in ihr entstand, Verbindung zu haben scheint, so lebhaft ruft mir dies doch einzelne Momente jener Zeit ins Gedächtniß, und frische und hoffnungsreiche, endlich aber tief traurige Tage treten mir in das Gedächtniß. Ich bewohnte im Hause Ferdinand’s parterre zwei große Zimmer, die er mir überlassen hatte, er selbst mit seiner Familie hatte den ersten Stock inne, und mir gegenüber, getrennt nur durch die breite Einfahrt, hatte eben mein lieber Schulfreund, Dr. Felix Niemeyer, mit dem ich schon an dem Sterbebette seines Vaters gestanden, der dann in meinem Elternhause als Schüler und Student heimisch geworden war, den jungen Herd gegründet. Felix war in den Anfängen seiner Berufscarrière, und ich will gleich hier einschalten, daß er später als Professor in Greifswald, dann in Tübingen eine Autorität in seiner Wissenschaft wurde, zugleich aber bei der Frische seines Wesens besonders segensvoll auf die Jugend wirkte, die mit Begeisterung an ihm hing. Er starb als Leibarzt des Königs von Württemberg im blühendsten Mannesalter, nachdem er in den Jahren 1870 und 1871 seine Kraft übermäßig dem Dienste der Kriegslazarethe geopfert, unterstützt von seiner hochgebildeten Frau, die ihm durch eine glückliche Ehe in seinem wissenschaftlichen Streben fördernd und helfend zur Seite gestanden hatte. In der Zeit, von der ich erzähle, verheirathete sich das junge Paar und richtete sich das freundliche, bescheidene Heim in dem Hause des Freundes ein.

Wenn Ferdinand erschöpft aus dem anstrengenden Dienst seines Berufes heimkehrte, klopfte er immer bei einem oder dem andern seiner Hausgenossen an, sei es nur zum flüchtigen Gruß oder zum Ausruhen in längerem Gedankenaustausch. Er fühlte seine Freundschaft wie eine Pflicht, halb des älteren Mannes, halb des Hausvaters. Wen sein Dach beherbergte, der gehörte zu ihm, oder hatte doch Anspruch an seine Fürsorge. Er nahm uns wohl auch zu sich hinauf, wenn er meinte, sein Zimmer sei behaglicher oder dort unser Zusammensein sicherer vor Störung. Ferdinand war zum zweiten Mal verheirathet und zwar mit der Schwester seiner ersten Frau; diese war gestorben, als sie einem Töchterchen, das ihr nach wenig Stunden folgte, das Leben gegeben hatte. Sein einziger Sohn, der Liebling des ganzen Kreises, stand unter der zärtlichen Pflege der Stiefmutter. Ich hatte, als Schüler, mit Ferdinand die erste Frau, Johanna, betrauert und seinen Schmerz beim Tode seines Bruders Karl, des Dichters, getheilt; ich sollte bald mit Luise, der zweiten Frau, an seinem eigenen Sterbebette stehen.

Der Vater dieser beiden Frauen hatte ein eigenthümliches Schicksal gehabt. Holländer von Geburt, war in der zweiten Hälfte des vorigen Jahrhunderts als junger Arzt nach den indischen Colonien gegangen und von da, ich weiß nicht durch welche Verbindung, nach China gekommen, obgleich das himmlische Reich damals noch für einen Europäer fast uneindringlich verschlossen war. Dr. Viselius aber hatte sich dort, vom Glück begünstigt, einen Ruf als Arzt gemacht, und nach einer Reihe von Jahren ein nicht unbeträchtliches Vermögen erworben. Er kaufte dafür ungeprägtes Gold und Edelsteine, um diese im Vaterlande wieder zu verkaufen, da damals noch keine Bankverbindungen mit China bestanden, die ihm hätten seine Ersparnisse umsetzen können. Auf der Heimreise aber strandete sein Schiff und ging unter, er rettete nur das Leben, sein Vermögen wurde ein Raub des Meeres. Arm und mittellos wollte er aber nicht in die Heimath zurückkehren und entschloß sich also kurz, die Rückreise nach China anzutreten und dort noch einmal sein Glück zu versuchen. Das schlug ein; unterstützt durch die schon bestehenden Verbindungen, und wieder als wohlhabender, nun aber bereits alternder Mann kehrte er nach Holland zurück. Er fand Niemanden mehr von den Seinigen, keinen Verwandten, keinen Freund, nicht einen Menschen, den er kannte, weder in der Heimath noch sonst in Europa. Da entsann er sich doch eines Mannes, eines Deutschen, den er vor Jahren auf den holländischen Colonien kennen gelernt hatte, dem er als europäischer Landsmann näher getreten war, und der, wie er durch angestellte Nachforschungen erfuhr, in Magdeburg als hochgestellter Beamter mit seiner Frau, einer Ostindierin, lebte. Er reiste dorthin und fand den Freund, der ihn gastlich aufnahm. Das bewog ihn, sich auch in Magdeburg niederzulassen. Bald schuf er sich dort ein neues Heim und verheirathete sich mit einem jungen Mädchen, dessen bescheidenes, sinniges Wesen ihn angezogen hatte. Vier Töchter und ein Sohn – der aber, kaum erwachsen, starb – entsprossen der Ehe, deren Glück er im selbsterworbenen Wohlstand genoß. Aber die Kriegsjahre kamen und erschütterten diesen, und als, bei der Ueberfüllung der Kriegslazarethe, die ärztliche Hilfe nicht mehr ausreichte, stellte sich Dr. Viselius, der sonst seine Praxis in Europa nicht wieder aufgenommen hatte, zur Verfügung. Seine Aufopferung sollte ihm verderblich werden. Er erlag dem Lazareth-Typhus.

Die Wittwe blieb mit fünf Kindern zurück in bescheidenem, wenn auch immer noch auskömmlichem Wohlstand. Mehrere Jahre nach dem Tode des Gatten kam, auf vielen Umwegen und sehr verspätet, ein Brief von einem Freunde des Doctors aus China, der sich nach den Verhältnissen der Familie erkundigte. Er wollte gehört haben, daß sie bedrängte seien, und fragte, wie er helfen könne. Die Antwort lautete dankend und theilte der Wahrheit gemäß mit, daß bei den bescheidenen Ansprüchen der Familie das Vermögen ausreiche. Einige Zeit später kam in vielen Kisten eine Sendung von dem Freunde als Geschenk für die Kinder des Verstorbenen, lauter chinesische Raritäten, meist ohne andern Werth als den der Curiosität, namentlich damals, als diese Gegenstände noch nicht den europäischen Markt überschwemmten. Es war eine Reihe von Oelbildern, Landschaften, die verschiedenen Etablissements darstellend, die der Dr. Viselius bewohnt hatte, freilich ohne Perspective gemalt; Lacksachen, Becher aus Bambusrohr geschnitzt, Porzellane, und eine Masse von seidenen und andern Stoffen für Meubles und Kleider, in denen später die Töchter auf den Bällen in Magdeburg Aufsehen machten. Mit welchem Interesse hatte ich schon als Schüler die Schätze der chinesischen Sendung betrachtet, die immerhin einen eigenthümlichen Schmuck der Wohnzimmer gab! Auch das Porträt des Doctors selbst war dabei, unschön, braun, ohne Schattirung, fremdartig, vielleicht nach chinesischem Geschmack verschönert. Nun war die Frau Doctor Viselius gestorben und ich fand in Ferdinand's Hause alle die Raritäten wieder.

Dies patriarchalisch eigenartige Zusammenleben riß der Tod grausam auseinander.

Ich entsinne mich, daß ich Ferdinand einen Abend in seinem Zimmer erwartete. Er kam ungewöhnlich spät aus dem Alumnat und fiel mir auf durch eine bei ihm sonst so selten bemerkbare Nervosität. Er wollte erst auf meine Fragen nicht antworten. Die Schüler hätten Excesse gemacht; aber ihm schiene, als nähmen die Lehrer die Sache zu ernst. Nach und nach war es ihm doch eine Erleichterung, sich auszusprechen, weil seine Erregung sich steigerte. „Du wirst gleich Alles entschuldigen," sage er, „und ich bin froh, daß Du nicht mehr Schüler bist; sonst wärest Du sicher mitten dazwischen. Die unvorsichtigen jungen Leute haben sich zu allen Zimmern Nachschlüssel verschafft oder zurechtgefeilt, die Hefte der in den Klassen geschriebenen Extemporalien herausgeholt und durchcorrigirt. Sie müssen das schon längere Zeit getrieben haben. Nun hat man die Schlüssel gefunden, sie lagen alle auf dem Tisch und Einer nach dem Andern wurde verhört. Die Schlüssel sahen mir aus wie Ketten, und das Verhör machte mir den Eindruck einer Criminaluntersuchung. Die ganze Gesellschaft soll ins Karzer, mehrere religirt werden. Das haben sie vielleicht verdient, aber man müßte sie wie unüberlegte Knaben, nicht wie berechnende Verbrecher behandeln. Damit werden sie nicht besser. Ich mag nicht vom Erzieher der Jugend zum Richter werden. Wer hat immer und in allen Stücken seine Pflicht erfüllt?" Er konnte den Gedanken nicht los werden und behauptete, er müsse noch eine halbe Stunde in die Luft, obgleich es finster und ein naßkalter Herbstabend war. Am nächsten Morgen fand ich ihn erkältet und fiebernd. Er setzte nichtsdestoweniger seine Lehrstunden nicht aus, bis sein Arzt einschritt. Seine fieberhafte Aufregung steigerte sich zu Selbstanklagen, die aus der Luft gegriffen waren. So schleppte er sich durch peinliche Wochen fort, bis ein Typhus ausbrach. Felix und ich wechselten ab oder brachten zusammen die Nächte bei dem Freunde zu. Der junge Arzt theilte nicht die Ansicht über die Behandlungsweise der älteren Doctoren, aber sie hörten nicht auf seine Meinung. Von unserer Angst getrieben, reiste ich nach Halle und holte den berühmten Professor Krukenberg. Wir fanden bei unserer Ankunft Ferdinand eben gestorben.

Der Aufenthalt in Magdeburg hatte für mich, ohne den Verkehr mit ihm, so Schweres, daß ich auf ein Jahr Urlaub nahm, um für diese Zeit nach Italien zu reisen. In den letzten Tagen des Jahres 1847 trat ich meine Fahrt an und ging über Wien, Triest, Florenz zu längerem Aufenthalt nach Rom. Damals, als noch keine Eisenbahn die Städte Italiens verband, war die Reise zeitraubend, der Fremdenzusammenfluß in Rom ein mäßiger. Ein nur kleiner Kreis deutscher Landsleute hatte sich dort gefunden, unter denen ich die Ehepaare Schücking und Häring (Wilibald Alexis), Bodenstedt[64], einige junge Archäologen und Künstler erwähnen will, neben hochgebildeten Persönlichkeiten, die sich diesen anschlossen. Im Februar, schon mitten im Rausch des römischen Carnevals, ergriff der Sturm, den die Revolution in Paris hervorrief, die längst ahnenden Gemüther und zwang einen großen Theil der Freunde, in die Heimath zurückzukehren. Nur Wilibald Alexis mit seiner schönen, liebenswürdigen Frau und ich beschlossen, trotz alledem Neapel nicht aufzugeben, und wir fanden auch dort einen kleinen Kreis liebenswürdiger Landsleute, die uns in freundlicher Weise als Gäste ihrer deutschen Colonie begrüßten und die Bekanntschaft mit den wenigen andern Touristen vermittelten. Es war April geworden, und nun kamen die Nachrichten aus der Heimath, oft übertrieben, unklar und dadurch nur um so beunruhigender. Dazu hatte das Fieber der Revolution auch die leicht beweglichen Neapolitaner ergriffen, und allabendlich rottete sich ein schreiender, tobender Haufe zusammen, der durch die Straßen zog, anwuchs und sich dann vor dem Königlichen Schloß aufpflanzte. Es war eine politische Fortsetzung des Carnevals, dem in diesem Jahr die Weltereignisse ein verfrühtes Ende ge-

[64] Es handelt sich um die Schriftsteller Levin Schücking (1814–1883), Friedrich Bodenstedt (seit 1867 v. Bodenstedt, 1819–1892) sowie Georg Wilhelm Heinrich Häring, als Autor: „Willibald Alexis“ (1798–1871).

macht hatten. Freilich sah diese Demonstration in Neapel aus wie die Spielerei lärmlustiger, großer Kinder, die keine Ahnung davon hatten, was sie eigentlich wollten, und Alles klang wie Jubel der Zügellosigkeit und nicht wie Zorn, der sich zum Kampf bereitete. Man konnte über die Aufläufe nur lachen, die die Urheber selbst: „Ah bah, eine kleine Revolution“ nannten, die man jetzt überall mache. Zuerst spotteten wir auch über diesen lustigen Ausbruch heiterer Arbeitslosigkeit, die wenig gewinnen und Nichts verlieren konnte, und von der die damalige regierende Macht auch in stummer Verachtung gar keine Notiz nahm. Der Haufe verzog sich wieder, wie er zusammengelaufen, und am nächsten Morgen war es still und harmlos in den Straßen der prächtig an ihrem unvergleichlichen Golf ruhenden Stadt, als schlüge sie langsam die Augen auf nach erquickendem Schlummer.

Zuletzt aber wurde uns doch das tobende Kinderspiel lästig, hinter dem die Sorge um die Angehörigen in der Heimath, die Unsicherheit, wie sich dort die Verhältnisse entwickeln würden, welche Opfer sie gekostet hätten, drohend und gespenstisch auftauchten. Für die Museen hatten wir keine Stimmung mehr, und nur der wunderbare Zauber der Natur fesselte uns noch in der Fremde. Wir beschlossen, dem Lärm der Stadt zu entfliehen und uns in die Stille von Sorrent zurückzuziehen, um dort die Nachrichten aus der Heimath abzuwarten, ob sie unser längeres Fernbleiben gestatteten oder schleunige Heimkehr verlangten. Wilibald Alexis und Frau Laetitia, seine Gattin, hatten sich mir angeschlossen, und zwei ältere Fräulein, Gutsbesitzerinnen aus der Nähe von Magdeburg, mit denen mancherlei Beziehungen mich schnell bekannt gemacht hatten, obgleich ich sie erst damals in Neapel kennen lernte, wollten sich von uns nicht trennen. So siedelten wir nach Sorrent über, wo wir die Gräfin Ida Hahn-Hahn und ihren Begleiter, Herrn von Bistram, schon fanden. Die Gräfin Hahn stand damals auf dem Höhepunkt ihrer schriftstellerischen Erfolge, und war noch nicht öffentlich zum Katholicismus übergetreten. Sie war nicht mehr jung und kann nie eigentlich schön gewesen sein. Kummer und Verbitterung hatten ihr den Ausdruck einer abweisenden Starrheit gegeben, der noch dadurch vermehrt wurde, daß das eine Auge, wie sie behauptete durch eine vernachlässigte Cur, die Sehkraft eingebüßt hatte. Aber die Sicherheit ihrer vornehmen Haltung, der Muth ihrer Meinung und ihres Urtheils imponirten, und ihr Geist fesselte selbst, wo er zum Widerspruch reizte, und das that er fast absichtlich in den meisten Dingen. Gerade in dem fast zu merklichen Bestreben, abzustoßen, zog sie an. Man disputirte vortrefflich mit ihr über Politik, Kunst, Literatur, ja über allgemeine Weltanschauungen und einzelne Persönlichkeiten; aber sie kämpfte mit scharfen Waffen und wich nie, auch nur ein Haar breit, zurück. Herr von Bistram war ihr im Gespräch ein vortrefflicher Secundant. Sehr unterrichtet, von vollendeten Formen, mit ausgleichender Liebenswürdigkeit, stand er freilich ganz auf ihrer Seite; aber wenn er auch manche Blöße ihrer Deductionen durch ein dazwischen geworfenes Wort zu decken, von einem gefährlichen Gedankensprung abzulenken versuchte, so wußte er doch stets auch dem Gegner durch ein verbindliches Zustimmen den Weg vom Kampf des Wortes zur geistvollen Conversation zu ebnen. So ging man immer angeregt aus dem Gespräch mit der merkwürdigen Frau, wie man auch ihre Romane, denen man wenigstens das einräumen muß, daß sie ihren eigenen Weg einschlugen, nie ohne Interesse aus der Hand legte, nach wie vielen Richtungen hin sie auch unbefriedigt ließen. Die kleine Colonie hatte sich schnell ihren Verkehrsplan festgestellt und die Tagesordnung geregelt. Wir hatten uns, Jeder für sich, aber doch nicht entfernt von einander, unsere Wohnungen gewählt; und da es noch zu früh im Jahr war für die gewohnten Sommergäste, hatten wir volle Auswahl. Den Vormittag hielt sich Jeder frei zur Arbeit, zur Lectüre oder zum einsamen Spaziergang. In der Mittagsstunde kamen wir zusammen und planten den Ausflug des Nachmittags, sei es zu Wagen und zu Pferde, oder mit dem Boot, sei es nur für die nächsten Stunden oder schloß sich eine kleine Reise für den nächsten Tag an. So besuchten wir Amalfi, Salerno, Paestum, so fuhren wir mit dem Boot nach Capri, oder über Castel a Mare nach Pompeji. Wenn uns aber der Abend nach dem lieb gewordenen Sorrent zeitig genug zurück führte, lasen wir uns aus der Reisemappe eigene, meist eben entstandene Productionen vor. Wilibald Alexis war fleißig an einem wunderlichen Werk, halb Roman, halb Märchen, „Der Zauberer Virgilius“, von dem er gern die einzelnen noch frischen Capitel mittheilte. Ich brachte meine Märchen zum Vorschein und schrieb das letzte, den Abschluß, die Erzählung vom Stein. Der Leser wird leicht in dem Märchen die Beziehung finden, in der es zu dem Boden und der Natur, der Verbindung steht, in der es ersonnen und in Form gefaßt wurde. Was er nicht findet, was nur der Verfasser zwischen den Zeilen liest, und was ihm Stimmungen von lange, lange her in das Herz zurückruft, ist, daß Heimweh das Märchen dictirt hatte, Heimweh, das stark sein mußte, um mich von den Wundern des Ortes fortzutreiben, in denen ich lebte. Noch unter dem frischen Eindruck der ersten Reisefreiheit, den Anregungen des alten Roms, im Verkehr mit geistig bedeutenden, schnell lieb gewordenen Menschen, fesselte mich der Zauber von Sorrent. Das Haus, das ich bewohnte, war auf einem, zum Meer steil abfallenden Felsen anspruchslos für Sommerbadegäste erbaut, aber es hatte hohe Räume und eine schöne, weinbedachte Veranda. Ich war der einzige Bewohner und hatte mir zusammengesucht, was mir für Wohn- und Schlafzimmer bequem erschien. Hinter dem Häuschen breitete sich ein Orangengarten in Blüthe und Frucht und abseits in demselben war das Wohnhaus der freundlichen Wirthe, prächtige, schöne Menschen, der Vater, zwei erwachsene Söhne, zwei eben erblühte Töchter, und zwei noch stattliche Schwägerinnen, die das Haus führten. Die Familie lebte vom Ertrag der Miethe im Sommer, von der Orangenernte und von der Seidenzucht. – Alle Räume meines Häuschens waren durchwürzt von dem Duft der blühenden Goldfrüchte, gekühlt von der einströmenden Frische des Meeres. Mein

Bett hatte ich so gestellt, daß ich, wenn mich das Anrauschen des Meeres weckte und ich mich aufrichtete, zu meinen Füßen den dunkelblauen Golf sah, die Wasserfläche, welche die Lichter des gegenüberliegenden Neapels begrenzten. Und über diesen Spiegel, in dem der Sternenhimmel sein Bild wiedergab, zogen die rothleuchtenden Fackeln der Fischerböte. Wandte ich nun den Blick nach rechts, so hob sich dunkel von dem Nachthimmel der Vesuv, der damals etwa alle zehn Minuten einen Feuerstrahl emporschleuderte. Bei Tage sah man nur, wie die fast unbewegliche Rauchsäule sich aus dem Berge erhob; sobald es aber Nacht wurde, erglühte sie dunkelroth, und was im Sonnenlicht als graue Streifen erschien, die vom abgestumpften Gipfel des Berges bis zum Fuß herniederzogen, wurde funkelndes fließendes Feuer in den Schatten der Nacht. Es lag etwas Berauschendes in der ganzen Natur, so besondere Wunder der Schöpfung offenbarten sich an diesem lieblichsten Orte der Erde, daß nur der das Heimweh versteht, das von hier forttreiben konnte, der es selbst empfunden hat.

Und heimwärts ging es mit dem so lieb gewordenen Ehepaar Häring, mit den beiden neu gewonnenen alten Freundinnen, und wir fanden fast eine andere Welt, der Frühling des Jahres 1848 schien alle Dinge gewandelt zu haben. So bin ich mit meinem Bericht denn wieder angekommen, wo ich begann, und – wie das der Epilog meines Märchenstraußes bezeugt – ein schönes Stück Leben, voll Jugendmuth, Jugendhoffnung, Freundschaft und Begeisterung, voll Reiselust und Reiseglück, lag hinter mir. Noch einmal habe ich das Alles in das Gedächtniß und in die Empfindung zurückgerufen, indem ich diese Skizze schrieb; noch einmal beschwor ich den Schatten des Doppelgängers herauf, in dem ich mein eigenes Bild wieder sah; noch einmal, wie einen wehmüthigen Nachklang, habe ich es gehört:

„Was sich der Wald erzählt“.

Retzin als Musenhof 1852

Ausschnitt aus: Gustav zu Putlitz, ein Lebensbild aus Briefen zusammengestellt und ergänzt von Elisabeth, geb. Gräfin Königsmarck, Berlin 1894, Band 1, S. 166–189.

Während der ersten Monate des neuen Jahres (1852) blieb Gustav bei seinen Eltern in Berlin, wo er in angenehmen geselligen Verbindungen lebte und manchen anregenden interessanten Persönlichkeiten begegnete. Bei Hof waren in diesem Winter auch wieder größere Festlichkeiten, an denen sich Gustav beteiligte, nachdem er bei der großen Cour den Majestäten vorgestellt worden war.

Eine Persönlichkeit, mit der Gustav häufig zusammen kam, war Friedrich von Flotow (Abb. 15). Er hatte Gustav aufgefordert, für ihn einen Operntext zu schreiben, und da er in dem bewegten geselligen Treiben noch nicht wieder andere Produktionen hatte beginnen können, lockte ihn diese direkte Aufforderung, und er ging gleich mit großem Eifer an die Arbeit, bei der ihn wesentlich die praktische Bühnenkenntnis seines Collaboratoren unterstützte.

Noch während dieser Arbeit schrieb er für Gumbert ein Liederspiel, „Carolina, ein Lied am Golf von Neapel", nach der Erfahrung, die er schon früher gemacht hatte, daß die Arbeit die Produktionskraft weckt und fördert.

Im April begleitete Flotow Gustav nach Retzin, um den Operntext „Indra" in der Ruhe der ländlichen Abgeschlossenheit zu vollenden. Beide reisten dann nach Hamburg, wo Gustav einige angenehme und behagliche Tage bei Marianne (geb. Niemeyer, verwitwete Immermann, wiedervermählte Wolff, Abb. 25) zubrachte und wieder im Zusammensein mit ihr das Glück dieser seltenen Freundschaft genoß. Marianne war sehr erfreut über die frische Stimmung Gustavs, es wurde mancher Plan mit ihr besprochen und ein Wiedersehen in Retzin für den Sommer festgesetzt.

Während sich die „Indra" in den darauf folgenden stillen Retziner Tagen der Vollendung nahte, hatten die beiden Collaboratoren einen Plan entworfen, für Retzin und Dillettantenkräfte eine kleine zweiaktige Oper zu schreiben, zu komponieren und demnächst auch aufzuführen. Es lag wirklich eine große Kühnheit darin, im märkischen Sande, fern ab von allen Hilfsmitteln, ein solches Beginnen zu unternehmen und gewissermaßen aus Nichts etwas zu schaffen. „Wer wagt, gewinnt!" konnte man hier mit Recht sagen, denn allen Hindernissen und Schwierigkeiten, die sich naturgemäß dem Unternehmen entgegenstellten, zum Trotz, gelang schließlich der originelle Plan.

Marianne war während einiger Wochen im Sommer in Retzin und beteiligte sich an allen Vorbereitungen mit dem ihr eigenen Verständnis und der vollen Teilnahme, die der kühne Plan in ihr erweckte. Wilhelm Camphausen (Abb. 16) aus Düsseldorf und dessen schöne, talentvolle Gattin, eine Schwester Mariannes, hatten ihre Mitwirkung zugesagt, er, um die Dekorationen herzustellen, sie, um mit ihrer klangvollen Stimme die Altpartie zu übernehmen. Von nah und fern waren Mitwirkende durch Gustav und seine Schwestern aufgefordert worden, um zum Gelingen des Ganzen mit beizutragen.

Ehe ich aber auf dieses Gelingen näher eingehe, muß ich mich selbst persönlich in diese Aufzeichnungen mit hineinfügen, da ich in dieser Zeit Gustav zum erstenmal begegnete.

Meine Eltern[65] lebten auf ihrer Besitzung Berlitt in der Priegnitz, das nur wenige Stunden von Retzin entfernt lag. Da meine

---

65 Graf Adolf Königsmarck (1802–1875), vermählt mit Josephine v. Miaskowska (1803–1862).

Eltern, wegen der zarten Gesundheit meiner Mutter, in fast gar keinem nachbarlichen Verkehr standen, so hatte mein Vater Gustav erst in Berlin bei den Hoffesten kennen gelernt. Mein Vater, der Graf Adolf Königsmarck, war während 23 Jahre[66] Adjutant des Prinzen Wilhelm, späteren Kaiser Wilhelm I. gewesen, und hatte sich durch alle diese Jahre der steten Gnade – ja, der Freundschaft seines gnädigsten Herrn zu erfreuen gehabt, so daß der Prinz sich trotz des militärischen Advancements meines Vaters nicht entschließen konnte, sich von ihm zu trennen. Man wird danach begreifen, daß meine frühesten Kindheits- und Jugenderinnerungen eng verknüpft waren mit der Liebe und Verehrung für unser Königshaus, die sich allmählich zu einer Art Kultus ausbildeten. Ich selbst teilte die Spiele der Prinzessin Marie, späteren Gemahlin des Königs Max von Bayern, sowie der Prinzessin Luise, ältesten Tochter des Prinzen Karl von Preußen, und so fügte es sich, daß ich auch häufig mit dem Prinzen Friedrich Wilhelm, Sohn des Prinzen Wilhelm, zusammen kam, zumal mein Bruder, ein ständiger Spielkamerad des jungen Prinzen Friedrich Wilhelm war[67]; so wurde schon in früher Jugend das Interesse und die Teilnahme für diesen liebenswürdigen jungen Prinzen in mir erweckt. Die Freude meines Vaters bei der Geburt desselben am 18. Oktober 1831 ist mir noch heute in lebhafter Erinnerung, als er freudestrahlend mit dem Ausruf: „Ein Prinz! ein Prinz!" zu meiner Mutter ins Zimmer stürzte. Sein Herr hatte ihn beauftragt, das freudige Ereignis dem König Friedrich Wilhelm III. anzuzeigen, und ehe er nach Potsdam zurückritt, wollte er meine Mutter teilnehmen lassen an der ihn bewegenden Freude. Diese litt allerdings häufig unter den langen Trennungen,

---

66 Als Seconde-Lieutenant wurde er 1829 zum Prinzen Wilhelm (1797–1888) kommandiert, wurde 1839 Zweiter und 1845 Erster Adjutant desselben.

67 später Kaiser Friedrich (1831–1888).

die der Beruf meines Vaters mit sich brachte, der den Prinzen oft während vieler Wochen auf seinen Reisen begleitete, und nur die langen ausführlichen Briefe mit Darstellung aller Erlebnisse der mitunter sehr interessanten Reisen, die mein Vater ihr schrieb, konnten sie einigermaßen für das tägliche Vermissen entschädigen[68]. Es gehört nicht in diese Aufzeichnungen, in Details aus den Briefen meines Vaters näher einzugehen, nur einen kurzen Auszug daraus will ich mir erlauben. Mein Vater schrieb aus Weimar, 11. August 1840: „Ich kann Dir nicht genug wiederholen, wie liebevoll und gütig der Prinz ist. Die Zeit wird es noch lehren, daß mein Herr das köstlichste Kleinod ist, das wir Preußen besitzen."

Da meine Mutter nie klagte und mit rührender Pflichttreue und Selbstlosigkeit versuchte, uns Kindern den so häufig fehlenden Vater zu ersetzen, wurde es mir erst mit den Jahren klar, wie sehr ihr eigenes Glück durch diese langen Trennungen beeinträchtigt wurde; denn während der oft sehr flüchtigen Besuche meines Vaters während des Sommers in Berlitt wurde seine Anwesenheit von uns Allen so freudig begrüßt und genossen, daß wir Kinder keine Ahnung davon haben konnten, wie sehr die Häuslichkeit durch die langen Abwesenheiten litt.

Im Winter lebten meine Eltern in ihrem eigenen Hause in der Mauerstraße 36 in Berlin, wo ich während einiger Jahre unter den angenehmsten Verhältnissen die Freuden und Vergnügungen der Geselligkeit kennen lernte. Meine Mutter war außergewöhnlich geistreich und begabt, interessierte sich lebhaft für Musik, bildende Kunst und Litteratur, und so konnte es nicht fehlen, daß sie einen diesen Interessen entsprechenden Kreis um sich versammel-

---

[68] Elisabeths unverheiratete Schwester Hedwig Gräfin Königsmarck (1835–1885) hat diese Briefe drucken lassen, und zwar entgegen ihren Versicherungen mit einigen Veränderungen des Textes: „Aus den Briefen des Grafen Adolf v. Königsmarck-Berlitt", als Manuscript gedruckt, 1881.

te. Mir wurde es so in der natürlichsten Weise geboten, neben den Vergnügungen auch geistige und künstlerische Anregung und Förderung zu finden. Namentlich war es Varnhagen[69], der im Hause meiner Eltern wohnte und es nicht verschmähte, sich mit dem jungen Mädchen abzugeben. In der liebenswürdigsten Weise teilte er mir aus dem reichen Schatz seines Wissens wie aus seiner Bibliothek mit, was meinen Jahren und meinem Verständnis angemessen schien. So war ich denn ein recht verwöhntes Kind, und ich genoß das mit vollen Zügen, zwar sehr dankbar, aber doch auch sehr unbewußt, denn es erschien mir Alles, was mir das Leben schmückte, so natürlich und selbstverständlich.

Das Jahr 1848 brachte eine große Wandlung. Mein Vater mußte in den Märztagen seinen teuren Herrn verlassen. Da die neuen politischen Strömungen jener Tage die Richtung meines Vaters zu konservativ erscheinen ließen, wurde mit wahrem Schmerz von beiden Seiten die Trennung beschlossen. Der einzige Trost, den mein Vater bis zu seinem Tode von dieser gewaltsamen Trennung behielt, war der, daß sein Verhältnis zu seinem geliebten Herrn auch nicht einen Moment dadurch getrübt wurde. Er hat sich auch ferner der Gnade und Huld des Prinzen und später des Kaisers erfreuen dürfen, und hat selbst mit unwandelbarer Treue alle Wandlungen im Leben seines Herrn verfolgt, die es wahr machten, daß der Prinz das größte Kleinod sei, das wir Preußen besaßen.

Meine Eltern verließen gleich nach den Märztagen Berlin und zogen sich nach Berlitt zurück. Die Gesundheit meiner Mutter, die schon in den letzten Jahren schwankend gewesen war, wurde durch die Teilnahme an den Erschütterungen, die meinen Vater

---

69 Der Schriftsteller und Diplomat Karl August Varnhagen von Ense (1785–1858) war seit 1814 mit Rahel Levin (1777–1833) verheiratet, die in ihrem bekannten Berliner literarischen Salon die wichtigsten zeitgenössischen Schriftsteller um sich versammelte.

getroffen hatten, noch zarter. Sie war oft sehr leidend, und allmählich kam es ganz natürlich, daß sie mir die Leitung des ganzen Hausstandes anvertraute. Da meine Schwestern[70] sehr viel jünger waren als ich, so gewann mein Verhältnis zu ihnen in jener Zeit mehr den Charakter der mütterlichen Fürsorge. Ich beteiligte mich an ihrem Unterricht, der während einiger Sommerwochen immer einen erhöhten Aufschwung nahm durch einen geistvollen, vortrefflichen Lehrer, der seine Sommerferien im Hause meiner Eltern zubrachte. Es war der Professor Dr. Friedrich Holtze, damals Lehrer am Kadettenhaus, von wo er später der Kriegsakademie zugeteilt wurde. Er wußte seine historischen und litterarischen Kenntnisse in der anregendsten Weise mitzuteilen, und weil er ohne Pedanterie lehrte und in der liebenswürdigsten, in Ernst und Scherz wechselnden Frische uns Alles zuführte, was Geschichte und Litteratur an klassischen Schätzen und modernem Reichtum bot, wurde das Lernen ein Genuß. Er hatte unter anderen eine Broschüre verfaßt, „Pädagogisches aus Immermann“, und an dieselbe anknüpfend hatte er mir die Werke Immermanns nahe gebracht, deren Kenntnis mir außer der Freude am Genusse daran noch von besonderem Wert wurde, als ich Marianne kennen lernte und die Beziehungen erfuhr, die zwischen Gustav und der Immermannschen Familie bestanden. Professor Holtze wurde allmählich ein unentbehrlicher Hausfreund, dessen Freundschaft mir noch heute unschätzbar ist.

Die musikalische Ausbildung meiner Schwestern leitete ein junger Komponist. J. B. André (Abb. 27), der durch einen Zufall mit meinen Eltern bekannt geworden war und während vieler Jahre Berlitt bewohnte. Sein virtuoses Klavierspiel und die große Bereitwilligkeit, mit der er dasselbe zum besten gab, erfreute auch meine Eltern, die beide das größte Interesse und Verständnis für

---

70 Anna (1832–1919), 1862 vermählt mit Ludwig Graf v. der Asseburg und Hedwig (1838–1885).

Musik hatten. Später wurde Herr André auch ein lieber, immer gern gesehener Hausfreund in Retzin.

Abb. 27: Kapellmeister André

Mein Vater, der in den Kommunal-Landtag gewählt war, mußte ab und zu nach Berlin reisen, um den Sitzungen beizuwohnen, mitunter begleitete ich ihn dahin, im allgemeinen aber blieben wir in Berlitt, und das Leben dort gestaltete sich sehr behaglich und angenehm.

Ich komme jetzt zu dem Tage, an dem zum erstenmal Gustav in mein Leben trat; freilich war ich damals völlig ahnungslos, welchen Einfluß er bald darauf ausüben sollte, zumal ich in meinen damaligen Empfindungen und Ansichten einer Verheiratung vollkommen abgeneigt war. Meine Stellung im Elternhause war durch die häufige Kränklichkeit meiner Mutter, eine ziemlich unumschränkte geworden, und die Jugend meiner Schwestern ließ mich annehmen, daß ich dem Elternhause unentbehrlich sei, da ich häufig meine Mutter vertreten mußte. Auf der einen Seite gab mir das eine große Genugthuung; es machte mich andererseits älter, als meine Jahre es sonst bedingt hätten.

Mein Vater war damals bei den Provinzial-Rennen in Neustadt, zwei Stunden von Berlitt, Schiedsrichter, seine Sportsfreunde, Graf Gneisenau und andere Herren, waren dazu als Gäste nach Berlitt gekommen, und um meinen Schwestern und mir ein Vergnügen zu machen, forderte uns mein Vater auf, ihn zum Rennplatz zu begleiten, was wir sehr gern annahmen. Es war ein sonniger, warmer Frühlingstag, als wir in unserem großen Omnibus, mit vier flotten Pferden bespannt, die Fahrt machten. Auf dem Rennplatz war Gustav, der selbst sehr wenig Sinn für Sport hatte, aber aus Gefälligkeit für seinen Nachbar und Vetter, Herrmann zu Putlitz Wolfshagen, die Partie mit diesem unternommen hatte. Ich kannte den Vetter von einem Badeaufenthalte in Travemüde und erneuerte die Bekanntschaft, mein Vater stellte uns Gustav vor und forderte die beiden Herren auf, nach dem Rennen uns nach Berlitt, das auf ihrem Wege lag, zu begleiten. Es war ein sehr heiteres Beisammensein, belebt durch Herrn Andrés Klavierspiel und den Gesang meiner Schwester Anna, deren prachtvolle Stimme sich mehr und mehr entwickelt und ausgebildet hatte und zu den wohlklingenden sympathischsten Stimmen zu zählen ist, die ich je gehört habe. Ganz besonders war es aber Gustavs große Liebenswürdigkeit, die uns Alle entzückte, sein frischer Humor und dabei der poetische Ernst, in dem sein Humor wurzelte, hatte etwas überaus Anziehendes, und in der angenehmsten Weise verging der Abend und die Stunden des nächsten Morgen. Auch Gustav schien sich in unserem Kreise wohl und behaglich zu fühlen. Anfang Juni erschien Gustav abermals in Berlitt. Er wurde von meiner Mutter sehr freundlich empfangen, die sich bald mit ihm in die Veranlassung vertiefte, die ihn nach Berlitt geführt hatte, und die allerdings bei einem märkischen Gemüt Aufsehen erregen mußte. Er bat meine Mutter, meiner Schwester Anna zu erlauben, in der kleinen Oper, die inzwischen den Namen Rübezahl erhalten hatte eine Solopartie zu übernehmen. Ich wurde ziemlich beiläufig aufgefordert, im Chor mitzuwirken. Das ganze Unternehmen hatte etwas so Phantastisches und Eigenartiges, daß meine Mutter, die selbst eine so reiche Phantasie und poetische Anlagen besaß, lebhaft davon angezogen wurde, und da auch mein Vater in der entgegenkommendsten Weise auf Gustavs Wünsche einging, so reiste dieser sehr befriedigt durch das Ergebnis seiner Negociation wieder ab. Auch Herr André hatte seine Mitwirkung als Chorführer zugesagt. Zufällig traf mein Vater Gustav kurze Zeit darauf in Berlin und dieser erzählte ihm, daß er jemand suchte, um bei der Oper ein Lied auf der Harfe zu begleiten, da Flotow dringend diesen Wunsch habe. Mein Vater teilte Gustav mit, daß ich in den früheren Jahren viel die Harfe gespielt habe und sagte meine Mitwirkung zu, nicht ahnend, welche Schwierigkeiten er mir damit bereitete, denn ganz abgesehen davon, daß ich seit Jahren aus der Übung gekommen, so waren in der ersten Zeit des Spielens große Schmerzen damit verbunden, weil die Fingerspitzen, bis sie an die Griffe gewohnt sind, immer wund werden. Aber mein Vater hatte sein Wort gegeben, und so blieb mir nichts übrig, als es einzulösen. Am 13. August, dem Geburtstag von Gustavs Vater, sollte die Aufführung stattfinden. Herr André studierte meine Schwester ihre Partie ein, so wie auch mir meine zweite Stimme, und ging dann nach Retzin, wohin meine Mutter und Anna am 4. August folgten. Die Briefe meiner Mutter berichteten entzückt von dem bunten Treiben dieser modernen Wilhem Meisteriade, von dem fördernden Zusammenwirken der Hauptpersonen Flotow, Putlitz, Camphausen, – Musik, Poesie, Malerei, – die der Lösung ihrer seltenen Aufgabe alle ihre Kräfte widmeten, von dem überaus gütigen Entgegenkommen der Wirte, kurz man konnte es den Briefen anfühlen, wie befriedigt und angeregt die Schreiberin war.

Waren es nun meine schmerzenden Fingerspitzen oder eine Vorahnung dessen, was später an mich herantreten sollte, je näher der Tag unserer Abreise rückte, je verzagter wurde ich selbst. Als ich am 10. August in den Wagen, auf dem auch meine Harfe Platz fand, mit meinem Vater und meiner Schwester Hedwig einstieg, war alle frühere Zuversicht verschwunden, und mich überfiel eine namenlose Bangigkeit, die sich noch steigerte, als das kleine Retzin mit seiner grünen Umgebung sichtbar wurde und überall Menschen auf dem Rasen und in den bosquets Rollen lernend und im bunten Durcheinander sichtbar wurden.

Mein Vater war sehr heiter, so daß ich mich der eigenen Zaghaftigkeit schämte, und als der Wagen vorfuhr, meine Mutter und Anna unter allen fremden Gestalten hervortraten, ließ ich mir des Hausherrn Hilfe beim Aussteigen gern gefallen. Der Kopf schwirrte mir vor den vielen fremden Menschen, unter denen ich indessen schneller bekannt wurde, als das unter anderen Verhältnissen wohl der Fall gewesen wäre, denn es herrschte allgemein sehr guter Wille und die größte Harmlosigkeit und Freiheit im Verkehr. Auch traten mir Gustavs Mutter und Schwestern, die ihm halfen die Honneurs des Hauses zu machen, gleich sehr herzlich entgegen. Nach dem Diner ging es in die Probe. Das improvisierte Theater war ein wahres kleines Meisterwerk. In einem Holzstall, nahe am Hause, hatte Gustav mit Hilfe Camphausens eine allerliebste Bühne hergestellt. Zwei Dekorationen, ein Rokokozimmer und eine schlesische Baude mit dem Blick auf die Schneekoppe, hatte Camphausen gemalt und auf dem Vorhang, den alten Berggeist, der der Oper den Namen lieh, angebracht. Der Zuschauerraum, durch das Orchester von der Bühne getrennt, war in Parquet und Logen eingeteilt, die sehr hübsch mit rotem Stoff und Goldborten verziert waren. Flotow am Klavier, dirigierte, er hatte zwei Doppelquartetts aus Perleberg und aus Pritzwalk als Orchester vereint. Hinter dem Bühnenraum war ein Zelt angebracht, als Garderobe.

Solisten und Choristen waren 23, und man kann sich denken, welches muntere Treiben allein durch die Mitwirkenden entstand, und wie gut es die dirigierenden Persönlichkeiten verstehen mußten, mit den dilettanten Kräften und an Disziplin nicht gewöhnten Elementen ein wirklich künstlerisch abgerundetes Ensemble hervorzubringen[71]. Der Text war fein und anmutig mit humoristischem Dialog gemischt, die Musik melodiös und leicht, mit einzelnen pikanten Effekten. Ich fand mich sehr schnell in die Situa-

---

[71] Abb. 17 zeigt den Theaterzettel, ein seltenes Dokument aus der Sammlung des Historikers Johannes Schultze. Man sieht, wie Familienmitglieder, Nachbarn und Honoratioren mitwirken, z. B. der Witwer der Tante Friederike v. Guretzky, der General Wilhelm v. Wentzel als Soldat.

tion und war entzückt von dem bunten Treiben, in dem Jeder mit größtem Eifer und gutem Willen sein Bestes gab. Gustav war der liebenswürdigste Hausherr und verständnisvollste Regisseur in einer Person, und darauf bedacht, es seinen Gästen, die zum größten Teil auch Mitglieder der kleinen Truppe waren, behaglich zu machen. Nach den Proben ließ er es sich nicht nehmen, mir selbst meine Harfe auf mein Zimmer zu tragen, er war ganz außer sich über meine wunden Fingerspitzen und wollte sofort Herrn v. Flotow veranlassen, die Harfenbegleitung zu streichen, wogegen ich aber entschieden protestierte und bestimmt erklärte, spielen zu wollen, da mein Vater ja sein Wort darauf gegeben habe, was Gustav sehr zu imponieren schien, viel mehr, als es der Mühe wert war.

Die Einrichtung des Hauses war zwar einfach, aber in ihrer Anspruchslosigkeit durch wohlthuende Übereinstimmung so anheimelnd, daß es der Behaglichkeit nicht entbehrte, und es war im Unterbringen der zahlreichen Gäste das Unglaubliche geleistet worden. Mein Vater wohnte in Wolfshagen, einige andere in Panckow, aber es blieben noch genug Gäste für Retzin selbst, fast jeder Raum, sogar das Treibhaus, war mit Betten belegt. Im Gartensaal, der mit Korbmöbeln, Blumentischen und Spiegeln geschmackvoll ausgestattet war, stand ein Klavier und ein großer Rokokotisch, der mit Büchern bedeckt war, und der mich sehr anzog, was wiederum die Aufmerksamkeit des Hausherrn erregte, der mir ein Buch, das er von dem Tisch nahm schenkte; es war ein Kalender, in dem das Vergißmeinnicht kürzlich erschienen war, und man kann sich vorstellen, mit welchem Verständnis ich unter den eigenartigen Stimmungen dieser Tage das reizende kleine Werk gelesen habe.

So vergingen die Tage schnell genug, und am 12. Abends fand die Generalprobe im Kostüm statt. Gustav hatte sich für die Herren von verschiedenen Verwandten ganz prachtvolle Rokokokostüme verschafft, wir Damen hatten die unsrigen selbst besorgt. Zum Beginn des zweiten Aktes war eine hübsche kleine Dialogscene eingefügt, in der auch Gustav mit auftrat; hatte es nun der Zufall so gefügt, oder war eine Absicht dabei gewesen, vielleicht beides, diese Scene wurde nur von uns beiden gespielt, was mich dermaßen verwirrte, daß ich gründlich stecken blieb, und nach der Probe eine tüchtige, aber wohlverdiente Strafpredigt meines Vaters einstecken mußte, die übrigens ebenso gründlich half, denn bei der Aufführung fehlte mir kein Wort. Meine Schwester Anna war vortrefflich, sowohl in der Anmut und Grazie ihres Spiels, als in der vollendeten Sicherheit des Gesanges. Auch die andren Solisten hatten mit dem Kostüm jede Unsicherheit abgestreift, und die gestrengen Herren Direktoren waren außerordentlich befriedigt.

Der 13. war ein prachtvoller Sommertag. Gleich nach dem Frühstück machten wir einen langen Spaziergang an den freundlichen Ufern der Stepnitz, wo wir unter hohen Bäumen lagerten; es wurde viel geschwatzt und gesungen, um die etwas gedrückte Stimmung zu verscheuchen, die dadurch entstand, daß Gustavs Vater, dessen Geburtstag zu Ehren die Aufführung stattfinden sollte, noch nicht eingetroffen war, auch über die Zeit seiner Ankunft nichts geschrieben hatte. Gustav war sehr verstimmt und ich gab mir die größte Mühe, ihn aufzuheitern, obgleich ich ja vollkommen einsehen mußte, wie peinlich die Situation für ihn war. Das Mittagessen war vorüber, der alte Baron kam immer noch nicht. Emilie hatte uns weniger Beteiligte gebeten, ihr und ihrer Mutter zu helfen, die von fern herkommenden Gäste zu empfangen und wir waren hinaufgegangen, uns dazu umzukleiden, da plötzlich ertönt ein Posthorn, Emilie stürzt ans Fenster und ruft freudig erregt: Es ist der Vater! Ich war allmählich so ins Mitgefühl hineingezogen worden, daß ich nur antwortete: Wo mag Ihr Bruder sein? und dann selbst auf den Gang lief, um Gustav zu suchen, der in demselben Moment an der Treppe sichtbar wurde. Voller Freude rief ich ihm entgegen: Er ist gekommen, Ihr Vater ist da! Das alles war so schnell und spontan geschehen, daß ich mir erst nachher bewußt wurde, vielleicht etwas zu hastig gewesen zu sein, daran war aber nichts zu ändern, auch ging alles unter der allgemeinen Erregtheit, in der ein Jeder die Freude teilte, wie vorher die peinliche Sorge. Gustavs Vater war in Wittenberge mit dem Direktor Wolf und dessen Frau Marianne (Abb. 25) zufällig zusammengetroffen und mit ihnen nach Retzin gefahren. Ich entsinne mich noch, als ich ihm vorgestellt wurde, seines fröhlichen Lächelns bei meiner Erzählung von den sorgenvollen Stunden, in die sein Fortbleiben alle Anwesenden versetzt; denn ihm schien diese Überraschung die harmloseste Freude zu bereiten. Mit Marianne machte mich Gustav selbst bekannt, es war mir ein fast verwirrender Eindruck, als sie ihre großen dunklen Augen auf mich richtete; es schien mir in ihrem Blick mehr Teilnahme zu liegen, als eine beiläufige Bekanntschaft bedingt hätte. Ich erfuhr von ihr, daß sie die intimste Freundin Gustavs sei und die Mutter der allerliebsten Caroline Immermann, die schon in den vorhergehenden Tagen mein ganzes Herz gewonnen hatte. Viel konnte ich in den wenigen Stunden des Beisammenseins nicht mit Marianne reden, aber immer wieder mußte ich den Blick auf sie lenken, als könne sie mir eine Frage beantworten, die ich aber kaum hätte stellen können. Mir blieb indessen der Eindruck unsrer ersten Begegnung unvergeßlich und legte den Grundstein zu einem Verhältnis, wie es nur besonders bevorzugten Menschen im Leben zuteil wird.

Die Vorstellung ging ohne alle Störung, glatt und künstlerisch abgerundet von statten, selbst meine armen Harfenakkorde klangen rein und volltönend zu dem Liede, das Frau Camphausen prachtvoll sang. Die ganze Nachbarschaft in weitester Ausdehnung war erschienen und mußte sich trotz aller vorher geäußerten Zweifel an dem Gelingen und dem ganz begreiflichen Erstaunen über das gewagte Unternehmen, zur allgemeinsten Anerkennung vereinigen. Soupirt wurde an kleinen Tischen in allen Zimmern, wobei es sehr heiter herging, obschon ich mir mit Camphausen, der mein Tischnachbar war, ganz leise eingestand, wie wir eine gewisse Traurigkeit nicht unterdrücken könnten, daß unser ohne Gleichen angenehmes Zusammensein so mit Eins vorbei sein sollte; ja wir schmiedeten sogar Pläne, die Bühne auf frischer That noch einmal zu benutzen, um den Prinzen von Homburg einzustudieren, und die Erregung des Momentes war so intensiv, daß wir die Unmöglichkeit der Ausführung dieses Planes kaum empfanden. Nach dem Souper wurde noch sehr lebendig getanzt. Als Gustav mit mir zu einer Française Marianne gegenüber antrat, sagte er mir: „Marianne ist meine beste, treueste Freundin, sie kennt mich, wie kein Andrer, mit allen meinen Schwächen und guten Seiten, ich verdanke ihr unendlich viel." Mein Vater hatte am nächsten Morgen abreisen wollen, gab aber dem liebenswürdigen Drängen unsrer Wirte nach, bis nach dem Diner zu bleiben; er lud Camphausens ein, uns mit Gustav und seinen Schwestern in Berlitt zu besuchen, was diese auch sehr freundlich zusagten. Es war eine eigne Stimmung, die über allen lag. Halb war eine gewisse Ernüchterung eingetreten, nachdem das Ziel erreicht war, auf das ein Jeder seit Wochen mit Eifer losgesteuert hatte, und doch wirkte auch wieder ein großer Zauber in dem Austönen und Nachklingen alles Erlebten. Flotow spielte aus seiner Oper Indra, Gustav las uns Gedichte vor, man schloß noch schnell Freundschaften und sammelte allerlei Andenken, um die Erinnerung an diese wunderbaren Tage recht fest zu halten, bis die Stunde der Trennung schlug, die Wagen vorrollten und endlich Abschied genommen werden mußte.

Ich verließ Retzin, eine Andre als ich gekommen war, dessen war ich mir ganz klar bewußt.

Hier schiebe ich einen Brief von Marianne an Gustav dazwischen, der das eigene Empfinden ergänzt.

Hamburg, 15. August.

„Als ich gestern Morgen um 10 Uhr mich in den alten Umgebungen wieder fand, und seit 24 Stunden fünfzig Meilen zurückgelegt und einen Abend erlebt hatte, der so weit über allem Gewöhnlichen und Alltäglichen lag, da erschien ich mir wahrlich wie im Träumen, denn neben allem Dank und aller Freude über das Empfangene, fühlte ich doch auch die Gebundenheit, mit der man träumend nie ans Ziel gelangt. Ich werde diesen Tag nie vergessen, und den Jubel, den Schönheit, Poesie und alles Reizendste des Lebens in meiner Seele aufjauchzen ließen. Es war alles so schön, so gelungen, harmonisch und einzig in dem Zusammenklang von Kräften, Gaben und Gütern aller Art. Nie ist mir Dein Besitz, das Glück Deiner Verhältnisse so reich entgegengetreten, denn alles bot sich an diesem Tage die Hand, Dein Leben zu schmücken. Meine Seele ist mit tausend Wünschen und Sehnen bei Dir, mein lieber, lieber Gustav, und in dem Bilde, das vor mir schwebt, sehen mich vor allem andren zwei liebe treue Augen an, und ich schaue immer wieder auf eine Erscheinung, die mir entgegentrat, als hätte ich sie längst gekannt und lieb gehabt, von der ich nicht das Auge wenden konnte, wenn sie mit ihrer natürlichen Anmut und Unbefangenheit erschien und alle Andren für mich verschwinden ließ. Es könnten alle die Wünsche, die ich mit dem Verstande gehegt, und mit denen ich das egoistische Herz in Einklang zu bringen suchte, demselben Herzen kein Opfer mehr sein, wenn das sich erfüllen könnte, was meine Seele bewegt. Alle Sympathie der Jugend ist zauberschnell in mir erwacht, ich weiß, daß ich lieben müßte, was meines liebsten Freundes Reichtum sein würde, und fände wieder in diesem, was mir von diesem entzogen würde. Kein Laut in meiner Brust spricht heimlich gegen diese Träume, wie früher, wenn sie sich auf einen bestimmten Gegenstand lenkten, ich habe nichts als Sehnen, Hoffen, ein schwesterliches Herz und offene Arme, die eine Freundin umfangen möchten. Gott gebe Allem seinen Segen!“

Für mich folgten schwere Tage. Meine Mutter hatte klar erkannt, wie es um mich stand, und bei aller Anerkennung und Vorliebe für Gustav, konnte sie sich in den Gedanken einer Trennung von mir nicht hineinfinden, sie erkrankte, und ich mußte mit aller En-

Abb. 28: Gustav zu Putlitz, Zeichnung von Camphausen

ergie versuchen, jedes auf Gustav bezügliche Gespräch zu vermeiden, um die Stimmung meiner geliebten Mutter nicht zu beunruhigen. Insofern bewirkte diese Zeit eine Wandlung in mir, als ich mir vorwarf, selbst zu weit gegangen zu sein in den eigenartigen Retziner Tagen, denn mir war ja gar kein Beweis von einer entschiedenen Empfindung bei Gustav geworden.

In dieser Stimmung traf uns die Anmeldung von Camphausens, die mit Gustav und seiner Schwester Auguste der Einladung meines Vaters folgen wollten. Ich war natürlicher Weise durch die inneren Erlebnisse der letzten Zeit ziemlich erregt, und alle Überlegungen und Bedenken, die in mir auf und nieder wogten, ließen mich nicht zur vollen Unbefangenheit Gustav gegenüber kommen, was natürlich sehr auf sein feines, sensitives Gemüt wirken mußte, wie ich das ahnte und er mir auch später gestand. Es waren aber doch schöne, poetische Tage, die nun folgten.

Die außergewöhnliche, vielseitige Begabung Camphausens, beider bezaubernde Liebenswürdigkeit und Frische, belebten unsern Kreis in angenehmster Weise, es wurde viel gelesen, musiziert, Rübezahl-Reminiscenzen gefeiert, auch zeichnete Camphausen in jenen Tagen zwei Portraits von Gustav (Abb. 28) und von mir, die er uns später schenkte[72]. Gustav las uns die ersten

[72] Die zarte Bleistiftzeichnung von Gustav (signiert und datiert „WC Retzin Aug. 52") wurde bei der Plünderung von Groß Pankow stark beschädigt, sie ist aber in dem „Lebensbild" (Band 1, 1894) abgedruckt. Das Bild von Elisabeth ist verloren.

Gesänge der Luana vor. Es ging mir ganz eigen damit. Daß ich mich, in der sich immer klarer in mir gestaltenden Neigung zu Gustav auch lebhaft für seine Produktionen interessierte, war selbstverständlich, und ich konnte auch deutlich erkennen, daß ihm meine Teilnahme daran lieb war. Nun geriet ich bei der Luana in einen Konflikt, indem ich wahr bleiben wollte und doch nicht, wie beim Vergißmeinnicht, unbedingtes Gefallen daran fand. Mir eine Kritik zu erlauben, dazu war ich wirklich zu anspruchlos, namentlich scheute ich mich auch, dieselbe einem unvollendeten Werk gegenüber auszusprechen, und so konnte ich nur meine Teilnahme zeigen und in ganz subjektiver Weise meine Ansicht äußern. Ich sprach nach dem Vorlesen eingehend mit Gustav über sein Werk und hatte dabei die Freude und Genugthuung, daß ihn meine Ansicht über dasselbe nicht zu verletzten schien und meine Freude an Einzelheiten vollständig befriedigte. Ich bin so breit geworden über diesen scheinbar so unbedeutenden Empfindungs-Moment, weil er sich in der Folge nicht als unbedeutend erwies und gewissermaßen den Grund legte zu dem Verhältnis, das sich später ausbildete, ich meine meinen eigenen Standpunkt zu den Produktionen meines geliebten Mannes.

So vergingen mir diese schönen Spätsommertage schnell und in tiefer Bewegung. Während sie mich in meiner Empfindung nur sicherer und unbeirrter machten, hatte Gustavs Zuversicht, mich zu gewinnen, nicht zugenommen; er sagte mir später, daß er ziemlich unsicher, wenn auch nicht völlig hoffnungslos abgereist sei. Mein Vater, der Gustav sehr gern hatte und den Verhältnissen ganz unbefangen gegenüber stand, forderte ihn harmlos auf, seinen Besuch zu wiederholen, und so kam es, daß Gustav die Gelegenheit benutzte, wo seine Cousine, Adele v. Wentzel, die für einige Wochen von Retzin nach Berlitt kam, dieselbe mit seiner Schwester Emilie zu begleiten. Mir war inzwischen, je klarer ich in meinen Empfindungen wurde, die alte Unbefangenheit zurückgekehrt, und so gestaltete sich der Besuch sehr angenehm, wozu auch Emiliens Anwesenheit beitrug, die in ihrer einfachen, vornehmen Weise gleich meine wärmsten Sympathien erweckt hatte, und die große Liebe, mit der sie an ihrem Bruder hing, war mir sehr wohlthuend. Am nächsten Morgen, es war der 10. September, reiste mein Vater morgens 6 Uhr nach Berlin, es war für mich eine liebe Gewohnheit geworden, dazu anwesend zu sein, ihm sein Frühstück zu bereiten und seine letzten Wünsche entgegen zu nehmen. Als ich an jenem Morgen herunter kam, traf ich zu meiner Überraschung Gustav, der, aus dem Garten kommend, sich noch von meinem Vater verabschieden wollte. Das Wetter war trotz der frühen Morgenstunde schon so warm und sonnig, daß mir Gustav, nachdem mein Vater abgereist war, einen Weg durch den Garten vorschlug. So wanderten wir Zwei denn durch den lieben Berlitter Garten, und in jenen Stunden entschied sich das Glück meines Lebens, das ich während 38 Jahre, wenn auch nicht immer ungetrübt durch schwere Heimsuchungen, fest und treu mit dem geliebten Mann genießen durfte.

Als mein Vater nach wenig Tagen zurückkehrte, nahm er mein Geständnis mit großer Freude und Rührung auf, und auch meine Mutter hatte sich allmählich an den Gedanken einer Trennung von mir gewöhnt, so daß Gustav mit großer Herzlichkeit von meiner Familie, wie auch ich von der seinigen begrüßt wurde; ich kann nur mit der innigsten Dankbarkeit darauf zurückblicken. Mit dem feinen Instinkt, den eine wahre Empfindung uns giebt, schrieb ich gleich, nachdem Gustav uns verlassen hatte, an Marianne. Ich fühlte, daß Mariannens Freundschaft in derselben Stunde, wo Gustav mein wurde, auch mir gehören müsse; denn abgesehen von der warmen Sympathie, welche mir Marianne vom ersten Moment unserer Begegnung eingeflößt hatte, empfand ich auch, wie notwendig es für mich sei, wenn ich mit dem ganzen Herzen diese treue Freundin für Gustav festzuhalten, für mich zu gewinnen suchte. Wenn ja auch die Verhältnisse der Vergangenheit nur flüchtig in unseren Gesprächen berührt wurden, da die Gegenwart mit ihrem sonnigen Glück ihr volles Recht forderte, so erkannte ich doch, wie wichtig es für die Zukunft sein würde, wenn ich sofort um Mariannens Freundschaft würbe. Ich setze Mariannes Antwort an mich her.

Hamburg, September 1852.

„Was ich seit Jahren ersehnt und gehofft, was ich mir träumend so gern mit den lieblichsten Farben schmückt, das macht Dein Brief mir zu noch schönerer Wirklichkeit, Du geliebte Elisabeth. So hat der treueste und liebste Freund meiner Kindheit und Jugend, der mir in allem Lebenswechsel wie ein Bruder war, in Dir das Glück gefunden, was seinem reichen Leben doch den ersten höchsten Zauber verleihen kann, und er ist mir um nichts fremder geworden, da Du es bist, die ihn besitzest, und da Du mir die Hand reichst, nach der ich mich seit Wochen im Geiste wie oft gesehnt habe. Habe Dank, daß Du so bist, wie Du bist, und daß ich vom ersten Augenblick an fühlte, ich würde Dich lieben, wie mich verlangte, Gustavs Braut zu lieben. Ach freilich haben wir uns in Retzin verstanden! Frage nur Gustav, ob ich ihm das nicht gesagt habe, daß Du mir nicht so hättest nahen können, hättest Du mir nicht angefühlt, daß ein tieferer Zug des Herzens alle Sympathie zwischen uns erschloß, und daß Du mir warst wie bekannt und vertraut von Anbeginn, weil mir aus Gustavs Augen entgegenstrahlte, was er mit Dir empfing. Glaubte er sich doch für wahre Liebe kaum mehr empfänglich, und nun ist sie ihm genaht, nicht im Alltagsgewande, auf gewöhnlichem Wege, sondern als reiche Himmelstochter mit allen ihren Wundern und Zaubern hat er sie bei sich einkehren sehen. Gott sei gedankt, der Euch zusammen führte, und möge sein Segen reichlich über Euch wohnen!

Ich bin noch ganz verwirrt von der unaussprechlichen Freude, denn lange habe ich nichts so Frohes erlebt. Als ich Deine Handschrift sah, da wußte ich gleich, was sie mir brachte. Nun mußtc ich Dir auch gleich einige Worte sagen, denn manchen Brief schrieb ich Dir in Gedanken in dieser Zeit, und daß meine Seele Dich nie anders nannte, als Elisabeth, und daß ich Gustavs Braut nur mit einem schwesterlichen Du anreden konnte, das kannst Du mir glauben. Es wäre an ihm und mir ein Raub, wolltest Du uns nicht zu einander gehörig betrachten, denn ich bin doch ein Stück von Gustavs Vergangenheit, und wenn Du auch seine Gegenwart und Zukunft in ganz anderer und schönerer Weise sein wirst, so sollst Du doch gewinnen, wenn Du auch seine Vergangenheit mit hinnimmst, mit Allem, was dazu gehört. Sieh, wie kühn ich Dir das Alles sage! Das kommt daher, daß Alles steht, wie es stehen soll, und daß alle Scheu, mit der mir der Egoismus in schwachen Stunden Gustavs Braut vormalte, in Deinem Bilde verschwunden ist, meine liebe, liebe Elisabeth. Du könntest ihn mir doch allmählich entziehen, wenn Du wolltest, das weiß ich wohl, aber Du thust es nicht, denn Du weißt von mir, daß ich ihn fortan nur mit Dir gemeinsam lieben kann. Wie schön und glücklich hat Gott Alles gestaltet! Ich weine und lache und lese immer wieder Deinen lieben Brief, und fühle mich so reich und froh in jedem Deiner Worte, aber zu schreiben weiß ich heute doch weiter nichts, als da ich gar zu gern noch viel mehr von Euch hörte, am schönsten wäre es, ich könnte Euch einmal zusammen sehen, und bald muß es geschehen, denn wenn wir uns eine Stunde gesprochen haben, da wirst Du mich nicht mehr fragen, ob ich Deine Freundin sein will.

Und nun empfiehl mich Deiner Frau Mutter recht angelegentlich. Ich habe neulich schon in Retzin versucht, ihr vorzustellen, daß man nicht wünschen dürfe, alle Töchter im Hause zu behalten, aber ich verstehe wohl, wie ihr die Trennung von Dir unendlich schwer erscheint. Wenn Du kannst und magst, so schreibe mir bald wieder, und sei versichert, daß ich stets von ganzem Herzen bin und bleibe Deine Freundin.

Marianne.“

Und wie hat uns diese Freundschaft durchs ganze Leben begleitet, in Freude und Leid, immer dieselbe helfende, ratende, erhebende. In der wirklich bescheidenen Empfindung, die mein großes, so unverdientes Glück mir ins Herz legte, hatte ich auch die Hoffnung, daß Marianne mir helfen könnte und müßte, eine würdige Gefährtin und Gehülfin für Gustav zu werden, denn ich blickte zu ihr empor, und zu der gewaltigen Bedeutung ihres ganzen Wesens, ein Gefühl, das ich neben der innigsten und hingebendsten Freundschaft immer behalten habe. Wenn ich auf diese Zeit zurückblicke, so ist noch heute mein altes Herz mit demütigstem Dank erfüllt, und das hilft mir die tiefe Wehmut besiegen, die es bewegt. Die ersten Zeilen, die Gustav nach unserer Verlobung der Luana einfügte, geben am besten seine eigene Stimmung wieder, ich setze sie als mein eigenstes Eigentum hierher, und ich weiß, wie tief sie mein Herz bewegten:

Nicht kann ich die Saiten rühren,
Gebannt ist mein Gesang,
Denn alle Klänge führen
Mich nun zu einem Klang.
Nur eine Blüte bringen,
Kann mir des Lenzes Schein,
Ich kann nicht dichten und singen,
Als nur von Dir allein.

Die Engel die Harfen halten,
Ihr heiliges Rauschen weht.
Ich muß die Hände falten,
Die Liebe ist Gebet.
Denn seit Du bist getreten,
In meines Lebens Kreis,
Die Liebe und das Beten,
Ich nicht zu trennen weiß.

Ich stehe mit heil'gem Beben
Vor dem Geheimnis bang.
Es wagt den Schleier zu heben
Das Wort nicht, noch der Klang.

Denn eh' des Liedes Weise
Den Namen schnell verrät,
Schließt meine Lippen leise,
Ein stumm verrauscht Gebet.

Ein jeder Tag, sei es nun, daß wir ihn gemeinsam verlebten, oder Gustavs Briefe ihn mir nahe brachten, und mein ganzes Wesen sich mehr und mehr hineinlebte in mein Glück, ließ mir die große Aufgabe zum Bewußtsein kommen, die mir Gottes Gnade gestellt, als er mich zur Gefährtin Gustavs bestimmt hatte. Eins fühlte ich gleich in den ersten Wochen nach der Verlobung, in denen die Gratulationsbriefe und Besuche uns zu überfluten drohten, daß es nicht leicht sein würde, die Trennung von meinem Elternhause, die mir auch mitten in meinem Glück wie ein Schatten vorschwebte, zu vollziehen, ohne Gustavs sensitive Natur zu verletzen, und durch die ganze Zeit unserer Verlobung, ist es auch der einzige Schatten geblieben, der das Glück unserer sonnigen Gegenwart hie und da zu trüben drohte.

Im Oktober besuchte uns Marianne in Berlitt, wo wir unsere brieflich begonnenen Unterredungen mündlich fortsetzen konnten.

Marianne an Gustav.

Hamburg, Oktober 1852.

„Es waren beschwingte Stunden, die ich in Berlitt zubrachte, und in denen alle Jugend meines Herzens wieder erwachte. Ich meine, Elisabeth und ich haben uns in denselben fürs ganze Leben gewonnen, nicht nur in ahnendem Sehen und Hoffen, sondern in der wirklichen Kenntnis unseres geistigen Seins, und unserer inneren Entwicklung. Seit sie Dir angehörte, ist sie mir freilich erschienen, wie auch zu mir gehörig, aber dieses Zusammensein hat Alles tiefer, besser, wirklicher zwischen uns gestaltet, und ist mir ein wahres Glück geworden. Lieber Gustav, es ist mir, als müßte ich Dir danken für den Gewinn, den Du mir in ihr zugeführt hast, aber freilich bist Du, der am meisten dabei beschenkt ist, und daß für Dich nun Alles erreicht ist, was ich mit so innigem Verlangen für Dich ersehnte, das bleibt die Krone von Allem. Wie wird diese Liebe Dich reifen, bereichern und alle Keime Deines Wesens entwickeln, an dessen schönste Gestaltung ich nie den Glauben verlor, wenn ich auch oft die augenblicklichen Stimmungen tadelte, die Du für Wirklichkeit ausgabst. Immer mochte ich das Höchste und Beste von Dir fordern, eben weil ich Dich so hoch hielt, und Deine Zukunft um keinen Hauch getrübt und verkleinert sehen wollte. Nun wirst Du selbst nichts Kleines von Dir fordern, um Deiner Liebe willen, um derentwillen, die Du fortan haben und tragen sollst, und nirgend in Dir verarmen sehen möchtest. Nun wird auch Dein Talent erst recht die Schwingen in Dir entfalten, und neue Töne gewinnen, wie Du selbst ahnend sagst, indem Luana vor Deinem inneren Auge schwebt, und Du die Lösung und Vollendung der höchsten menschlichen Empfindung, der Liebe, in dir offenbart findest. Wolle Gott Deine Zukunft schirmen, wie er Deine Vergangenheit behütete, und Dein Herz vor allen Abwegen bewahrte, um nun die lange schlummernden Empfindungen mit aller Erfüllung zu krönen.

Idealisiert habe ich Dich nie, das weißt Du, aber wo ich Dich irren und den Weg verlassen sah, der mir der rechte schien, Dein Herz blieb rein von Deinen Fehlern, es schlummerte, und überließ andern Mächten in Dir mehr Raum, als ihnen gebührte.

Weil Dein Herz nicht lebendig war, trieb es Dich nicht zum Schaffen, und weil Du weder im Schaffen, noch in sonstiger Thätigkeit ausgefüllt und befriedigt warst, trieben Laune und Phantasie Dich hierhin und dorthin, wo Dein besseres Selbst nicht hingehörte.

So hast Du vor mir gestanden, als ich mit Elisabeth zusammen war, und in Allem, was wir von Dir und über Dich redeten, erschienst Du mir, wie wenn Du wieder geboren, zu neuem schönen Leben, und ich drückte immer inniger die liebe

Hand, die Dich dahin geführt, Dich, meinen liebsten, ältesten Freund".
Ich reiste von meinem Vater begleitet nach Retzin, um Gustavs Eltern als Tochter zu begrüßen, und meine künftige Heimat wiederzusehen. Gustav war überglücklich, alle seine Pläne über die Umgestaltung des Hauses mit mir besprechen zu können, die auch den Termin der Hochzeit, bis zum 13. Mai, meinem Einsegnungstag, hinausschieben ließ. Dann reiste Gustav nach Düsseldorf, um Camphausens zu besuchen, und seine Schwester Auguste, die dort für einige Wochen Gast war, zu sehen. Ich benutzte Gustavs Abwesenheit, um Marianne in Hamburg mit meinem Vater zu besuchen, wobei ich ihren Mann, den vortrefflichen Wolf, mit besonderer Freude wiedersah, und die Kinder ans seiner ersten Ehe kennen lernte.

Zu meinem Geburtstag, Ende November, kehrte Gustav zurück. Ich finde in meiner Agenda des Tages folgende Worte: Mein ganzes Herz ist tief bewegt von Glück und Dank. Möge Gott mir gnädig sein, so daß ich auch später vom eigenen Heim, wie heute vom geliebten Elternhause, sagen kann, „there is no place like home".

1853.

Nach einem schönen Weihnachtsfest in Berlitt ging Gustav zu seinen Eltern nach Berlin, wohin ich ihm mit meinen Eltern und Schwestern bald folgte. Die große Ruhelosigkeit dieser Zeit war nicht sehr behaglich und die unausbleiblichen Anforderungen, die von beiden Familien an uns gestellt wurden, überstiegen zuweilen unsere Kräfte; doch dienten die kleinen Unebenheiten, die daraus entstanden, nur dazu, unser gegenseitiges Verhältnis fester und inniger zu gestalten.

Als im März die Indra einstudiert wurde, verschaffte uns Gustav die Erlaubnis, den letzten Proben beizuwohnen. Es interessierte mich sehr, einen Blick hinter die Kulissen zu thun, und brachte mir Text und Musik viel näher, so daß mich der glänzende Erfolg der Oper, am 22. März, wahrhaft erfreute; es war ein kleines Stückchen Autoren-Anteil, der dabei durch Gustav für mich abfiel, und mir einen Vorgeschmack für spätere Zeit zu kosten gab. Das Resultat des Berliner Erfolges war insofern für Gustav nicht günstig, als er Flotow in dem schon vorher geäußerten Wunsch bestärkte, Gustav zu vermögen, ihm aus der kleinen Dilettanten-Oper Rübezahl ein Libretto zu einer dreiaktigen Oper zu verfertigen. Diese Arbeit war Gustav sehr peinlich, weil er den Text völlig umwerfen mußte, und selbst fühlte, daß nichts Besseres entstand.

Anfang April gingen wir nach Berlitt zurück, Gustav nach Retzin, um die Einrichtungen im Hause zu vollenden. Seine Stimmung war recht wechselnd, wie sich das in seinen Briefen an mich oft aussprach. Er schrieb mir am 28. April. „Übermorgen bin ich bei Dir und sehne mich sehr nach dem Wiedersehen, mir ist fern von Dir angst ums Herz, daß ich es kaum beschreiben kann. Wenn ich Dir nur werde Ersatz geben können für alle Liebe von der Du Dich trennst! Mein Glück hat mich so demütig gemacht, wie ich es niemals war, und ich fühle mich so klein, Dir und Gottes Gnade gegenüber, daß ich gar nicht begreife, wie sie mir geworden ist."

Meine Mutter ging selbst mit meiner Schwester Hedwig nach Retzin um meine Sachen einzuräumen. Gustav schrieb mir am 9. Mai aus Retzin: „Gestern war einer der behaglichsten Tage, die ich seit lange erlebte. Mama fühlte sich sichtlich gemütlich und behaglich in den Räumen, die Du bewohnen sollst, und sprach das so freundlich und gütig aus. Wir haben viel am Kaminfeuer gesessen und geplaudert, Hedwig hat fleißig eingeräumt, sie wird Dir die kleinen Details der Tage mitteilen, ich will Dir nur sagen, daß nach Deinen beiden lieben, lieben Briefen eine Ruhe und Sicherheit über mich gekommen ist, die Mamas Anwesenheit vermehrte. Dein Heimweh will ich schon pflegen, ist mir doch selbst erst wieder heimisch in meinem Hause, seit ich alle Deine kleinen Eigentümer darin erblickte, an die Erinnerungen des Herzens Dich fesseln, und mit denen ein Stückchen Heimat Platz gegriffen hat in Deinem neuen Hause. Ich fühle mich so glücklich, daß ich aufjubeln könnte, und das danke ich Dir, Deinen lieben Briefen und Mama, der Du auch dafür danken mußt in Deinem Namen und in dem Deines Gustavs."

So kam denn unter Glück und Wehmut der 13. Mai heran. Außer den Familienmitgliedern waren noch viele Freundinnen und Freunde gekommen; die Geschwister führten am 12. einige Rübezahl-Erinnerungen auf, die ihren Zweck erfüllten, indem sie in heiterster Weise den Vorabend unserer Hochzeit den zu großen Ernst der Stimmung in harmlose Fröhlichkeit wandelten. Mein lieber alter Freund und Seelsorger, Pastor Seeger, dem ich viel Dank schuldete, und den ich hoch verehrte, vollzog unsere Trauung an demselben Tage und in derselben Kirche, in der ich zehn Jahre früher mein erstes Glaubensbekenntnis abgelegt hatte. Er sagte mir unter Anderem, wie er hoffe und wünsche, es noch zu erleben, daß es mir mit Gottes Hilfe gelingen werde, mein neues Heim so zu gestalten, daß mein lieber Herr und Gemahl mit Freude und Genugthuung davon berichten könnte „Was sich das Haus erzählt".

In Berlitt lebte die Mutter meines ersten Lehrers, Herr Paalzow, der später Pastor wurde, und oft hatte ich mir aus ihrem Garten Blumen erbettelt, die sie prächtig zu pflegen verstand. Heute hatte sie, um auch zur Ausschmückung der Kirche beizutragen, ihren ganzen Garten geplündert. Von dem Immergrün, das den Altar schmückte, nahm ich mir einige Zweige mit nach Retzin, die noch heute vor meinem Fenster ihrem Namen Ehre machen.

Nach dem Diner verließen wir Berlitt und fuhren nach Retzin, wo Gustav Alles festlich vorbereitet hatte. Daß der Segen unserer geliebten Eltern uns folgte, haben wir in tiefer Dankbarkeit erfahren dürfen; denn ihre treuen Wünsche und Gebete haben unter Gottes gnädigem Beistand unsere Heimat auferbauen und schützen helfen, und so lange Einer von ihnen unter uns weilte, haben sie, Jeder auf seine Weise, Glück und Freude an dem Hause ihrer Kinder gehabt.

Wie schwer und ernst ich mich von meinem Elternhause loslöste, erfuhr ich erst in der Scheidestunde, aber auch ebenso Alles überwiegend, wie die heilige Zuversicht in mir gewachsen war, daß es mir mit Gottes Hilfe gelingen werde, in vollster Hingabe und Liebe das Glück meines geliebten Mannes als erste Lebensaufgabe anzusehen; empfand ich doch stündlich die rührende Zartheit und Güte, mit der mir Gustav immer wieder seine Liebe entgegentrug und mir forthalf über die Heimwehstimmungen der ersten Tage.

Nachwort

Die Ehe wurde eine glückliche, beide Charaktere ergänzten sich hervorragend. Elisabeth war haushälterisch und praktisch veranlagt, dabei voller Verständnis für Gustavs geringere Neigung für das alltäglich-praktische Leben und voller Sympathie für sein literarisches Schaffen. Mit ihrer besser leserlichen Hand-

Abb. 29: Elisabeth zu Putlitz,
geb. Gräfin Königsmark

Abb. 30: Gustav zu Putlitz,
in derUniform eines Kammerherrn

schrift schrieb sie seine Manuskripte ab, die an Verlage und Bühnen gesandt wurden. Sie freute sich mit seinen Erfolgen und tröstete ihn nach mißlungenen Aufführungen seiner Stücke, sie arrangierte das Theaterspielen der Kinder, was ihm viel Aufheiterung verschaffte. Gustavs sensibler Dichternatur wurde damit viel abgenommen, was er dankbar anerkannte.

Seinen ererbten Gutsbesitz in Retzin konnte er nur in wenigen Jahren selber bewirtschaften, da ihn seine auswärtigen Tätigkeiten meist nur im Sommer einen Aufenthalt in Retzin ermöglichten. 1863 bis 1867 leitete er das Hoftheater in Schwerin, schon im Sommer 1867 folgte er einer Aufforderung des Kronprinzen von Preußen (des späteren Kaiser Friedrich), als Hofmarschall in seine Dienste zu treten, worauf auch Elisabeth Oberhofmeisterin wurde (Abb. 31). Diese glücklich begonnene Stellung endete sehr abrupt im nächsten Jahr durch eine Kontroverse der preußisch gesonnenen Elisabeth mit der Kronprinzeß Victoria (Tochter der Queen Victoria) darüber, wie den preußischen Prinzen im Unterricht die holsteinische Frage erklärt wurde. Den Antrag, das Leipziger Theater zu übernehmen, lehnte Gustav ab. Im Krieg 1870/1871 leitete Elisabeth in Berlin ein Lazarett und Gustav übernahm für kurze Zeit die Leitung der Redaktion der Spenerschen Zeitung in Berlin. Danach blieb nur eine kurze Ruhepause, bis 1873 der Großherzog Friedrich von Baden Gustav anbot, die Intendanz des Hoftheaters in Karlsruhe zu übernehmen.

Während dieser glücklichen 15 Jahre entstand das vorliegende Werk „Mein Heim“. Die Kapitel, zu verschiedenen Zeiten geschrieben, wurden 1885 zu einer ersten Auflage zusammengefaßt, fünf Jahre vor dem Tod des Autors. 1888 wurde Gustav Senior seiner Familie und dadurch Erbmarschall der Kurmark Brandenburg, als solcher außerdem auch erbliches Mitglied im preußischen Herrenhaus, der ersten Kammer des Landtages. Noch kurz vor seinem Tode erlebte Gustav seine Wahl zum Ehrenmitglied des deutschen Bühnenvereins.

Abb. 31: Gustav und Elisabeth zu Putlitz

Abb. 32: Gustav zu Putlitz mit den Söhnen Stephan und Joachim

Abb. 33: Elisabeth zu Putlitz mit den Söhnen Konrad und Wolfgang

Dieser kurze biografische Abriß sollte nur den Hintergrund zur Entstehung des Werkes beleuchten und verständlicher machen. Hervorzuheben ist noch, daß Retzin seit jener denkwürdigen Rübezahl-Aufführung 1852 im Sommer häufig ein Aufenthalt für Künstler und ein Ort künstlerischer Tätigkeit war. Erst führten Gustavs Kinder (Abb. 32 und 33) Theaterstücke auf, später die Enkel. Unter den Sommergästen waren Künstler vom Theater und Literaten, unter denen besonders Emanuel Geibel hervorragte und dem Hause freundschaftlich verbunden blieb.

Unter Gustavs Tochter Lita zu Putlitz lebten diese literarischen Traditionen noch bis in die 30er Jahre des 20. Jahrhunderts fort. Retzin wurde als Gedenkstätte für Gustav zu Putlitz erhalten, bis zur Vertreibung der Familie und Plünderung des Gutshauses 1945. Nur wenige Erinnerungsstücke, Werke aus Gustavs Besitz und vereinzelte Briefe sind gerettet. Durch das literarische Interesse dieses Familienzweiges der Gans Edlen Herrn zu Putlitz und die Biografien, die die Familienmitglieder über ihre Großeltern,

Eltern und Gatten verfaßten, entsteht für das 19. Jahrhundert ein lebendiges Bild, in welchem der ländliche Musenhof Retzin eine zentrale Rolle spielt.

Verzeichnis der Abbildungen

Frontispiz: .... Gustav zu Putlitz als Intendant des Großherzoglichen Theaters in Mecklenburg. Standort: Foyer der Intendantenloge des Mecklenburgischen Staatstheaters Schwerin. Unbezeichnet, auf einer bis 1945 in Groß Pankow, jetzt in Heidelberg befindlichen Replik und dem darauf befindlichen fragmentarischen Aufklebezettel, gemalt von Theodor Schloepke/Schwerin. Photo: H. Bäßler

Abb. 1: .... König Stanislaus Lesczcinsky um 1735 in Königsberg gemalt, mit einem der Söhne seines Gastgebers Hans Heinrich v. Katte. Reproduktion nach einem alten Photo: B. v. Barsewisch

Abb. 2: .... Hans Hermann v. Katte im roten Interims-Rock und mit Johanniter-Kreuz (also nach 1728 gemalt) spielt Flöte, seine Schwester Catharina Elisabeth (1714–1786, 1737 vermählt mit Johann Gebhard v. Winterfeld, 1704–1778, auf Neuhausen) in einem blauen Kleid, hält ein Notenblatt. Weiteres siehe Fußnote 32. Foto: B. v. Barsewisch

Abb. 3: .... Friedrich der Große als Kronprinz, aus der Zeit, als er mit Hans Hermann v. Katte befreundet war, siehe Fußnote 36, Photo: B. v. Barsewisch

Abb. 4: .... Hans Hermann v. Katte als Leutnant im Regiment Gens d'Armes, vergleiche Fußnote 33. Das ursprünglich als Hüftstück konzipierte Bild wur-

de nach dem Tod des Dargestellten allseitig angestückt und zu einem Kniestück ergänzt. Photo: B. v. Barsewisch

Abb. 5 und 6: .... Gebhard Gans Edler Herr zu Putlitz (1742–1826) auf Pankow und Juliane Gans Edle Frau zu Putlitz, geb. v. Winterfeld (1756–1813) aus dem Haus Neuhausen. Miniaturen um 1794, unsigniert. Bis 1945 in Retzin, jetzt bei Gustav Gans Edlem Herrn zu Putlitz/Warleberg. Photo: B. v. Barsewisch

Abb. 7, 8 und 9: .. Die Kinder von Gebhard: Eduard (1789–1881), Juliane (1786–1803) und Carl (1788–1848). Alte Kopien aus Laaske der bis 1945 in Retzin vorhandenen, dann verschollenen Originale. Besitzerin: Theodora Gans Edle Herrin zu Putlitz, geb. Gräfin Limburg-Styrum, Rothenburg, Photo: B. v. Barsewisch

Abb. 10: .... Carl Gans Edler Herr zu Putlitz, Lithographie von 1848, als Abgeordneter der Prignitz bei der Nationalversammlung in der Paulskirche zu Frankfurt am Main. Besitzer und Photo: B. v. Barsewisch

Abb. 11 und 12: ... Eduard Gans Edler Herr zu Putlitz (1789–1881) und Caroline geb. v. Guretzky und Kornitz (1796–1868), Photos: Lehmann u. Comp., Berlin, um 1860, wie die übrigen Photos aus dieser Zeit gerettet, weil sie nicht auf den Gütern waren, sondern durch die Erbschaft der Putlitz'schen Pflegetochter Luise v. Schkopp, später vermählten v. Barsewisch in dieser Familie v. Barsewisch weitervererbt wurden.

Abb. 13: .... Das alte Retzin, Photo von 1873, Besitzer: Regina v. Barsewisch, Photo: B. v. Barsewisch

Abb. 14: . . . . Gustav zu Putlitz als junger Schriftsteller „Nach der Natur gezeichnet und gestochen von H. Sagert“ mit faksimilierter Unterschrift. Wahrscheinlich erstmalig verwendet für „Vergißmeinnicht“, Taschenbuch für 1852 von Jeanne Marie, aber auch als eigenständiges Blatt verbreitet. Besitzer: B. v. Barsewisch

Abb. 15: . . . . Friedrich v. Flotow (1812–1883), vergleiche Fußnote 57. Photo: Staatsbibliothek Berlin

Abb. 16: . . . . Wilhelm Camphausen (1818–1885), vergleiche Fußnote 58. Photo: Staatsbibliothek Berlin

Abb. 17: . . . . Theater-Zettel „Rübezahl“, früher in der Sammlung des Historikers Johannes Schultze, Photo: B. v. Barsewisch

Abb. 18: . . . . Wohnzimmer in Retzin, 1878, aus einer Serie von 4 unbezeichneten Interieuraufnahmen vor dem Umbau des Hauses, Nachlaß Luise v. Barsewisch, Besitzer: B. v. Barsewisch

Die Bilder von links nach rechts: Königin Luise Ulrike v. Schweden, geb. Prinzessin v. Preußen (verloren), darunter: Alte Kopie des Geschwisterkonzerts, verloren (vergleiche Abb. 2), darunter Eleonora Catharina Gans Edles Fräulein zu Putlitz (1738–1832), vermählt 1764 mit Wilhelm Christian Gans Edlem Herrn zu Putlitz auf Buchholz, Schwester von Gebhard zu Putlitz (verloren); Hans Hermann v. Katte, vergl. Abb. 4; Elisabeth Catharina v. Winterfeld, geb. v. Katte und Gebhard v. Winterfeld auf Neuhausen, Gegenstücke, gemalt von Emanuel Duboisson. Sein Bild erhalten, ihr Bildnis 1945 verlorengegangen.

Darunter Johann Friedrich (Graf) Struensee, dänischer Minister, Urgroßonkel von Elisabeth zu Putlitz, geb. Gräfin Königsmarck. Alte Kopie, 1945 verschollen.

Unter dem Bildnis Gebhard v. Winterfeld: Philipp Christoph Graf Königsmarck, alte Kopie, 1945 verloren (Die Verwandtschaft mit diesem schwedischen Grafenast der Königsmarcks ist extrem weitläufig.)

Friedrich der Große als Kronprinz, vgl. Abb. 3.

Von den Möbeln fand sich 1990 in Groß Pankow der Sekretär, allerdings in stark ruiniertem Zustand. Besitzer: B. v. Barsewisch

Abb. 19: .... Wohnzimmer in Retzin mit den Bildnissen Generalfeldmarschall Hans Heinrich v. Katte und seine zweite Gemahlin Catharina Elisabeth v. Bredow-Wagenitz.

Bildnisse gerettet.

Auf dem Kamin die auf S. 21 erwähnte Uhr aus dem Besitz von Gebhard zu Putlitz. Besitzer: B. v. Barsewisch

Abb. 20: .... Der Schreibtisch Gustav zu Putlitz'. Die Bildnisse nicht identifiziert und auch nicht gerettet. Besitzer: B. v. Barsewisch

Abb. 21: .... Emanuel Geibel, eigenhändig signierte Photographie, C. Linde, Lübeck, aus dem Album von Luise v. Schkopp, vermählten v. Barsewisch. Besitzer: B. v. Barsewisch

Abb. 22: .... Retzin nach dem Umbau, 1880er Jahre, Postkarte, Besitzer: B. v. Barsewisch

Abb. 23: .... Die im Text erwähnte Deckelillustration zu „Was sich der Wald erzählt“ von einer nicht genannten Künstlerin. Verwendet für die Miniaturausgaben in verschiedenfarbigen Einbänden. Die Prachtausgaben verwenden dieselbe Illustration vergrößert auf dem Deckel, sind innen aber mit Lithographien, gezeichnet von A. Hindorff geschmückt. Vergleiche Abb. 27. Besitzer: B. v. Barsewisch

Abb. 24: .... Deckelillustration zu „Vergißmeinnicht“, entworfen von RS, undeutliches Monogramm. Dargestellt sind die Geister, denen die Geschichte in den Mund gelegt wird: Der Heinzelmann „Käppchen“ und die Elfe „Lilli“. Die Prachtausgaben dagegen wurden innen und auf dem Einband von Wilhelm Camphausen gestaltet. Besitzer: B. v. Barsewisch

Abb. 25: .... Marianne Niemeyer, in erster Ehe vermählt mit dem Dichter Karl Immermann, danach mit Guido Wolff in Hamburg. Original wohl Ölbild, nach dem Photo datiert A. D. 1845, Photo Huss & Beckendorff, Anfang 20. Jahrhundert. Besitzerin: Dr. U. Maass, Aumühle

Abb. 26: .... Lithographie von A. Hindorff: Das Studentenleben in Heidelberg aus der Prachtausgabe von „Was sich der Wald erzählt“, 1852. Besitzer: B. v. Barsewisch

Abb. 27: .... Jean Baptiste André, Komponist und Kapellmeister. Photo: A. Wiedling, Stolberg/Harz, aus einem Album von Luise v. Schkopp vermählten v. Barsewisch. Besitzer: B. v. Barsewisch

Abb. 28: .... Gustav zu Putlitz, Zeichnung von Wilhelm Camphausen, im Original bis 1945 in Groß Pankow, bei der Plünderung stark beschädigt, jetzt in Heidelberg (Prof. Gisbert Gans Edler Herr zu Putlitz). Hier reproduziert nach der Photolithographie im Lebensbild Gustav zu Putlitz' von Elisabeth zu Putlitz geb. Gräfin Königsmarck, Bd. 1.

Abb. 29: .... Elisabeth zu Putlitz geb. Gräfin Königsmarck ca. 1864, Photo: E. Tesch, Schwerin

Abb. 30: .... Gustav zu Putlitz in der Uniform eines Kammerherrn, Photographie: C. Schwartz u. Co. Berlin, 1862, angefertigt und 1871 verwendet für eine Zusammenstellung des Krönungszuges von 1861 in Photolithographien. Besitzer: v. Barsewisch

Abb. 31: .... Gustav und Elisabeth zu Putlitz um 1860. Elisabeth dargestellt im schulterfrei ausgeschnittenem Abendkleid. Photo: H. Lehmann u. Comp., Berlin

Abb. 32: .... Gustav zu Putlitz mit den Söhnen Stephan und Joachim. Foto: Hering u. Schneider, Berlin

Abb. 33: .... Elisabeth zu Putlitz mit den Söhnen Konrad und Wolfgang. Photos 30–34 Besitzer: B. v. Barsewisch

Alle Vignetten stammen aus der Erstausgabe von „Was sich der Wald erzählt“, Berlin 1850.

Personenregister

Das Personenverzeichnis erfaßt alle Personen außer Gustav zu Putlitz. Auch indirekte Namensnennungen werden mit aufgeführt. Die Namen in den Anmerkungen wurden grundsätzlich mit berücksichtigt. Fehlen die Lebensdaten, so waren sie nicht zu ermitteln bzw. handelt es sich um Personen der Zeitgeschichte.

Ortsregister